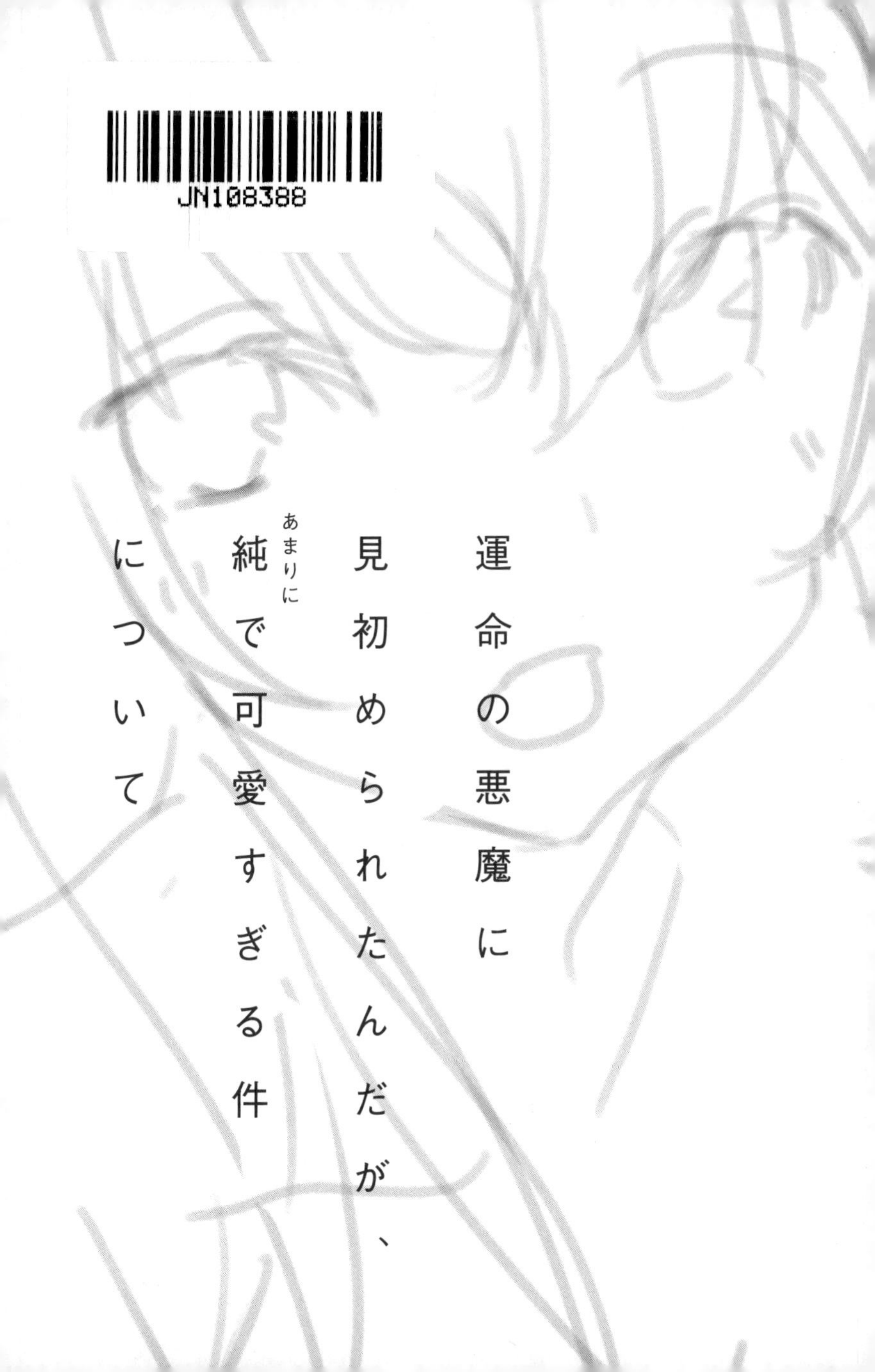

# 運命の悪魔に見初められたんだが、純《あまりに》で可愛すぎる件について

# 目次

Unmei-no-akuma Ni
Misomeraretandaga
Amarini Jun De Kawaisugiru
Ken Nitsuite

47AgDragon

ill 47AgDragon

# 000：黒鷺のエイヤ

「ああ、やっとだ……ついにここまで来たってもんだ」

まだ制覇されてない古代のダンジョンを探して、それはもう、とんでもなく罠だらけの遺跡を、ついに！　一人で最下層までたどり着いた！

――苦節二六年。

スラムの孤児から始まって、ひたすら盗賊稼業。

そして、駆け出しで無名だった俺が、死にそうになりながら盗掘や探索のプロとして修業を積んで、なんとか【黒鷺のエイヤ】と呼ばれるようになって四年。

思えば、俺みたいな一匹狼のクソ野郎が、よくやったなって思うし、ここまで来るのにずいぶん苦労したってもんだ。

まず、この手の未発掘遺跡ってのは、とにかく情報が出回りにくい。

だから、古代の文献を探しまくり、財宝が眠ってそうな断片的な情報を求めて、片っ端から読みあさるハメになった。まあ、クソほど地味な作業だ。

そこから、今度はダンジョンを踏破するための準備。

俺にはパーティなんて呼べる仲間は最初からない。だいたいクソ野郎な俺が合わないか、向こうが合わないかどっちかだ。せいぜい、依頼で道案内程度。

だから、必要な装備もなにかも一人で揃えた。全部だ。

なにより、俺には「物がよく見える」っていうスキルくらいしかない。

使い勝手はともかく、とくに威力があるわけでも強くもない。せいぜい目ざといって感じのレベルだ。

だから、他の連中みたいに、正面切って派手な立ち回りをやるってのは性に合わない。

おかげで、いつも裏からこそこそ這い回るのが関の山。

いつの間にか、すっかり一人で、世の中の隙間や影にいるほうが馴染んじまった。

「だが……俺は、やり遂げたんだ！」

ココまでの罠は、全部避けるなり、外すなりしてきた。

罠だらけのダンジョンなら、逆に魔物とかなんてほとんどいないってのも幸いだ。

素人目にはわからねえだろうが、これでもすげえ高難度のダンジョンなはずなんだぜ？

そんな場所も、俺様にかかれば……ってな。

今まで、世間様に嫌われてるのか、運命に嫌われてるのか、なにかとうまくいかないことばかりだったが、そんな人生経験と熟練のなせる技と言える。

あとは、この仕掛けの封印を外すだけで、伝説の宝とご対面ってワケだ。
手順だって完璧に把握してる。
まず、右の仕掛けを三つ進めて二つ戻す。
真ん中を一度外して、左と右を入れ替える。
そして真ん中を入れ直し、左三つに右を二つ進めて……真ん中を押し込んだ。

——俺の記憶は、そこで途切れた。

# 001：バケモノとの出会い

「……あー、キミ、ちょっといいかな？」

まわりは真っ暗だってのに、なんか耳元で声が聞こえやがる。

……さっきからうるせえなあ……まだ暗いじゃねえか、もうちょい寝かせろよ……。

「もしもしー？　おーい？」

んぁー、だから人が気持ちよく寝てるってんだよ、面倒なんだよ……わかれっての。

「……あー、あー、聞こえるかな、キミ。こけこっこーあさがきたー！　それは素敵にあさがきた、きたきたきたよーきたんだよー、あさがきまくりこけこっこー！」

「ああああ!!　……うっるせえええぇ！　さっきからずっと耳元でわめきやがって！」

うぜえ、キングオブうぜえ。

まったく、いきなり寝落ちで意識がトンだかと思ったら、ぐーすか気持ちよく寝てたところに近くでずっと騒がれてみろ、寝覚めは最悪に決まってる。

しかも、あいかわらず真っ暗だ、なにも見えやしない。

「うん、どうやら十二分に聞こえているようでなによりだ、よかったよかった」

「よくねえし、こっちはひでえ寝起きですよ。っていうか、誰だテメエ。こう暗くちゃなにもわかんないぞ」

なんだこの小うるさい声。俺はまだ夢でも見てんのか？

とりあえず身を起こしてみたものの、なんだか気分がふわふわしておぼつかないし、明かりもなくて、ぜんぜんなにも見えないし、腕の活かしどころもねえし。

おまけに寝床が硬いっていうか、これベッドでもなんでもない石畳っぽいし、ゴツゴツじゃねえか。ベッドとして悲しいことこの上ない。

ただでさえ叩き起こされて気分最悪だってのに、なにもわからねえんじゃ、さすがにどうにもならないっての。

世の中まったくままならねえってやつだ。

「ふむ。答えてあげたいが、それはちょっと難しいかもだ。なぜなら、ボクには自分が誰かという確証がいまひとつない。ただ、キミがなにを思っているかはわかってる。ボクのことをろくでもないクソ野郎だと思ってることも」

「はいはい……で、その誰かさんがなんの用で？　ご褒美でもいただけるんですかね？」

あいかわらず、謎の声はさっきからよく通る。妙に澄んでキレイなのが、かえってカンにさわる。

まあ、だからってこの状態じゃわかることもねえし、気にしても仕方ない。

せいぜい、いろいろと情報をしゃべってもらうしかない。

そもそもココどこだっての。

俺、古代の遺跡に探索に入ってたはずなんだけど。

「んー、まあボク自身がご褒美という位置づけではあるんだが、慎み深いボクとしてはもう少しアレだ、せめて運命の人とか出会いとか言ってほしい気はするんだけどね。こういうのはとてもわくわくしないかい？」

「どこが慎み深いんだよ、うざったさランクアップしてんじゃねえか……それに世の中、運命がどうとかいうヤツにろくなヤツはいないもんだけどな。だいたいココどこだよ？」

はー、いきなり運命ときた。コイツ頭煮えてんのか？

よくわからんまま、叩き起こされたこっちの身にもなってみろ。いきなり嬉しそうに勝手な話されても単にうざいだけだぞコラ。

「待った待った。言いたいことも聞きたいこともわからなくはないし、運命なんてろくでもないものだっていうのはボクもまったく同意するんだけど。ただ、なりゆきではあっても、キミの命の恩人としては、話ぐらい聞いてくれてもいいと思うんだ」

「おいおい……命とかいきなり物騒だな。だいたい、この俺がそんな素直なタイプに見えるってか？　こちとら盗掘荒らしにネコババ掠め取りのプロですよ。俺の人生なんていつも裏街道で、暗い夜道を全力爆走中ですよ」

いきなり命の恩人とか感謝とか、ドコの誰サマですか。

盗掘探索稼業のプロとしては、むしろ真っ先に相手の素性とか状況を疑うやつだ。

「うんうん。まあそうだねえ、盗賊王くん」

「なんだそれ。俺がそんな偉そうなやつに見えるのか?」

「ああ、すまないこっちの話だ。すくなくとも今のキミはタダの盗賊だと思う」

「そこを納得されても嬉しくねえが、そういうこった。他人を呪いこそすれ、感謝とかない、マジない。暗がりと背中にはいつも気をつけろってな人生ですよ。だいたいそんな偉そうに言うなら、この状況を早いとこどうにかしろっての」

こうも暗くちゃなにもわからんし、特にやることもないんで、話ぐらいは聞いてやってもいいとは思うけどな。しかしこいつ誰よ。

「なるほど……すまない。ボクはあまり他人と話したことがないから、コミュニケーションをあまり知らないんだ。気にさわったら勘弁してくれ、黒鷺のエイヤ」

「は?　ちょっと待て!　なんで俺の名前を知ってる!?」

おいおい、コイツなんで俺のことを!

……あと本人の前でやめろその呼び名、こっ恥ずかしい。

「うん、キミのことはよく知っているよ。エイヤール＝ゼスト、二六歳、黒鷺座の茜日生まれで、恋人いない歴二六年。父は不明、七歳で母親を亡くし、スラムで孤児となって暮らす。以来、天涯孤独のまま、裏社会でいろいろ働きながら、案外まっとうに暮らしている」

「……っ!?　テメエどこでそれを知って――」

「ええと、ボクは素性を覗きたいわけじゃないし、誰にも話さないよ。単に【キミの運命を見たりすることが出来る】というのを伝えたかっただけなんだ」

「伝えたかった、じゃねえよ。なんだその薄気味悪い特殊スキルはよ」

誰にも教えたことがない、知りようがないことまで知ってやがる。

それを軽い調子で言ってくれやがって、腕利きの情報屋も真っ青になるやつじゃねえか。マジで何者だこいつ。

「すまないが、いまはそれより大事なことがある。キミは現在、遺跡の最下層でちょっと大変なことになっていてだな」

「なんだよ大変なことって」

「うん……ぶっちゃけて言うと、遺跡が崩れてる最中ですごく死にかかってる」

「ちょっ……いきなり死にかかってるとかなんとかなんだそれ!?　しかもえらく派手そうなんだけど!?」

そう言われれば、俺は確か封印を解いて……どうなった?

「そうだねえ……一般的に言って、とても素敵で劇的にダイナミックな状態だと思うよ。おーけー?」

「素敵じゃねえし、誰も喜ばねえよ!!」

くそっ、なんだコイツ。死ぬか生きるかの話なのに、軽く言ってくれやがる。

こっちの情報を洗いざらい抜かれた上、死にかかってるとかなんだそれ。そんなん聞いてねえぞマジで、ざけんな。

そりゃたしかに、一攫千金狙いの古代のお宝目当てで、誰も知らない遺跡まで行きましたけどね？

「まあ、ざっとまとめるとだ。キミが盗掘に入ってお宝だと勘違いしたのは、実はボクの封印でね」

「なんだと？」

「ボク本人がお宝だから情報自体は間違ってないんだけど。でも、キミが外した仕掛けっていうのは、ボクを簡単には解放出来ないようにするための自壊装置なんだ」

「ちょい待て……今なんつった？」

「自壊装置とか自爆装置とかそういうやつ、って言った。わざとそうなってたぽいね」

「マジかよ!?」

あっさりと他人事みたいに言いやがって。

さすがに笑えねえぞ……こんな罠だらけの遺跡で二重の封印ってことは、コイツどう考えても災害級にヤバイやつじゃねえか。

「まあ、おかげで遺跡は崩れて生き埋め寸前。幸い、おかげで封印も半分ぶっ壊れて、なんとか無事にこうして話せているってわけ、めでたしめでたし」

「……おいおい、なんだその、どっかの伝説みたいな封印とか出来事はよ。いくらなんでもそりゃねえだろう、しかもそれで俺が死にかけとか笑えないぞコラ」

こんなのどう見ても、昔々あるところにって感じの、寝つきの悪い子供に聞かせる物語なんかで、よく最初にやらかすやつだ、それ。

ほら、なんか意味ありげで激ヤバな封印をついうっかり解いちゃうアレ。

ぜんぜんめでたくない。

まったく……コイツの声がカンにさわるワケがわかったぜ。要は人間じゃねえ、バケモノ様だってことじゃねえか。

そりゃいくら澄んだ声だろうがなんだろうが、他人を文字通り食い物にしようってんだから耳ざわりで当然なワケだ。

こんな絵空事みたいな話が夢でもなんでもねえってのか。

……なんだよ、結局クソみたいな人生だったな。

「あー、せっかく一人で状況に納得し始めてるところに申し訳ないが、ボクの話は終わってないぞ。はっきり言うが、キミがこんなところまで来たのはキミのせいじゃない、ボクのせいなんだから」

声は、とんでもないことをあっさり明るく言ってくれる。ざけんな。

「……おい、どういうことだ？」

「まあ、お怒りはごもっともだ。そこはいくらボクを罵ってくれてもかまわない。キミが二六年かけてココまで来て、そうするように仕向けたんだから」

「……はぁ？　さすがに聞き捨てならねえぞ!?」

仕向けた、ってのは、一体なんだそれ。

「うん……実はね、キミが生まれるより何百年も前から、ずっとずっと前から。それはもう長いこと、ボクはキミのことを待っていたんだ」

それはもう、しみじみと感情を込めて、すごく嬉しそうに言われた。

「おおおおい!?」

なんですかそのビッと来てギュッとするような運命論!?

しかも、なんでそんな期待に胸膨らましてるんだコイツ。

俺の人生が勝手に決められてるとか、まったく嬉しくないやつじゃねえか！

# ００２：バケモノの正体

まったく、いくらなんでもいい加減にしろよこの野郎！

「ふざけるなテメエ！　たしかに俺の人生クソみたいで、実際クソでクソだが、俺は俺として俺らしく生きてるんだよ。いくらどうしようもねえからって、テメエみたいな人外のバケモノ野郎に、人生まで渡した覚えはねえぞ!!」

しかも、これから死ぬってときにネタばらしとか最悪じゃねえか。俺は運命を操られた悲劇の主人公様かよ！

人間ナメくさるのもいい加減にしやがれっての、ぶっ飛ばすぞ！

その……バケモノなんぞ、ぶっ飛ばせるかどうかわかんねえけど。

「そうだね、ボクはキミから見たらバケモノだろうなあ。だが、悪いが出来ればひとつだけ聞いて欲しいかな」

あー、そんなこと言われたところで、これっぽっちも聞いてやる義理ないんですけど。

だいたい聞いたところで、納得するもなにもねえだろうし。

でもまあ、もし言ってることが全部本当でどうにもならないなら、それはそれでなるようになれってんだ。

俺は、いざって時に覚悟も出来ないようなヤツでもない。

「はいはい。いいよ、このまま放っといても死ぬんだからなんでも聞いてやる、っていうか好きにしろよ」

「うーん、なんだかすごく申し訳ない気もするのだが、そんな悪い話でもないと思うんだ」

妙に殊勝で律儀な気もするが、そりゃあ向こうの勝手だ。

俺の都合じゃねえ。

「その手の話は、大抵ロクでもないけどな。ほれ言ってみ？　命の恩人とか言いつつ他人の運命弄びまくりなバケモノ様がわざわざご高説をたまわってくださろうってんだ。ありがたく拝聴してやらなくもないですよ、ええ」

こちとら運命とか知ったことじゃねえし？

そんなとんでもない魔物様相手だってなら、どうせ死ぬんだし、やるとこまでとことんやったろうじゃねえか。毒喰らわば皿までってなもんだ。

……にしてもキレイだなコイツの声。

バケモノだけにムカつく声だってのに。

「うん、ボクが完全に封を破るには、エイヤ……キミの協力がいる。ボクの封は壊れたからと言って自然に外れるものじゃない。外す人が必要なんだ……だから、ボクと契約してほしい」

あぁ？　この期に及んで契約だぁ？　ナメた口利きやがって。

もし言ったとおりなら、俺の人生をさんざんいいようにコケにしておいて、いまさら最後のひと押しまでお願いってのはどういう了見だよ。

「おいおい、この期に及んで他人様の命をカタにしてゆすろうってやつか？　人間サマを見くびってくれてんじゃねえぞコラ」

……いい加減、頭にきた。

人の運命をさんざん弄んでくれただけじゃなく、命までエサにして思い通りに操ろうって魂胆がだ。

俺はテメエみたいなバケモノでもねえし、こう見えても人間サマだってんだよ。

ああもう、なるようになれだ。やるだけやってやるっての！

「いいか、よく聞きやがれ！　人間サマにはな、意地ってもんがあるんだよ！　どんなにクソみたいでクズで、その上、操られてバケモノの封印を解くハメになった、どうしようもない俺みたいなやつでもだ！」

「……そうなのか？　ボクはエイヤのことをそんなふうには見ていないぞ。むしろ大事で大切な人だと思っているんだが」

ざけんな、どの口がほざきやがる。

話が本当なら、俺の二六年のうれしくねえ人生は全部テメエのせいじゃねえか。

「どう見てるかは関係ねえ、俺の人生は俺のものだ！　テメエみたいな、人間の運命すら簡単に変えちまうようなバケモノ、死にかけの俺の命でどうにか出来るってんなら、俺みたいなクソ人生送るやつが大量に出ないよう封印するに決まってんだろ！」

他人様の人生をさんざん好き放題いじり倒しておいて、しかも上から目線で偉そうに勝手言ってんじゃねえっての！

人間だってなあ、ちっぽけかもしれねえが、意地も魂もあるんだよ。

どんなにクソ野郎でも、守るべき最後の一線ってやつがあるんだ。でないと、本当に心底どうしようもないクソになっちまうじゃねえか。

言いたかないけど、俺なんてどう見たってスラム育ちのクソなんだよ。

それも、いろんな意味で、人間であるかどうかも怪しい出来そこないってやつだ。

ただでさえ、マジでどうしようもねえクズ野郎だってのに、そのうえ、性根まで腐ってたまるかよ！

それに、舐められるってのが一番許せねえ。相手が誰だろうとだ。

「まあ、そんなわけで世界の終わりのラッパを吹く手伝いは無理ってことだ。悪りぃな、他をあたってくれや」

こんなクズみたいな人生でも、最期ぐらいクソじゃないなら、価値はあったってことだ。

……あまり嬉しい感じの話でもねえけどな。

「うあぁ……ええと、その。なんだ。本当にいろいろすまないし申し訳ない、そういうつもりじゃないんだ……」

「……ん？」

なんだこいつ？　いきなり態度が弱くなったぞ？

「だけど、ボクにはそういう機微はあまりわからないんだ。キミの人生については非常に申し訳ないし謝るしかないと思っている。それに、ボクはそういうつもりじゃないんだ」

変にしおらしい調子になったし、よくわかんないヤツだなおい。

ココは俺を操るのに、さらに脅したりなだめたり誘ったりなんだりするところじゃねえのかよ。

もしくは無理やりなんかさせるところじゃねえの？

「じゃあなんだってんだよ。テメエみたいなのを世に放してみろ……俺は大罪人として、伝説の序章に【名も無き盗賊】として残っちまうだろうが」

世界を混乱に陥れた魔物の封印を解いたやつとして、物語で何百年も語り継がれたりとかしたら、正直笑えないんだが。

だいたい俺、そんな大層なことに関わるようなヤツでもなかっただろ。

俺の処世術は【やりたいことだけやる】だ。

こんなのはどう見ても、やりたいことリストには入ってない。

「正直に言うと、その……ボクはもっと人間が知りたい。キミが知りたいんだ、エイヤ」

泣き落としでもかけてきてんのかってくらい、しょんぼりな調子だな。

さっきまでの嬉しそうな勢いがしぼんじまった感じだが、どういうつもりかね。

「いや、お前さんすでにいろいろ知ってるんだろ、生い立ちからなにから」

「そういうことじゃない……ボクは、キミがどう生きるのか、それが見たいし、それだけでいいんだ……願い事なら叶えられると思うから、頼まれてくれないかい？」

おおい、願い事ときたら、とっておきのヤバイやつで破滅ネタの定番じゃないか。

「ちょっと待てよ。願い事を代償にする話なんて、昔話でバッドエンド確定だろ。だいたい身分相応がいいってやつだ」

もちろん、俺なんてクソ野郎の身分なんだし、高望みするようなもんじゃない。

「……ん？　願い事がいいと思ってたんだけど、そういうものじゃないのかな？」

「願い事とかってのは難しいんだよ。それより、この真っ暗いのどうにかして姿見せやがれっての。人にモノ頼むときは相手の目ぇ見ながら頭下げるって相場が決まってんだよ」

俺に、そんな知恵比べなんか出来るような頭なんてないんだから、昔話にあるような願い事勝負なんてのは解釈のスキを突っ込まれるに決まってる。

そもそも、自分で思ってるより、願いなんてのは正確に願えるものじゃねえんだ。

……分をわきまえずに無理なことしようとしたせいでこうなってるんだしな。

「ええと、その。とにかく怒らせて申し訳ない。キミにはいろいろ謝りたいんだが……姿を見せるのはいいが……大丈夫かな？　目が潰れたりしないか？　昔、ボクの姿を見て卒倒するやつが出たりしたもんだから、これでも遠慮してるんだよ」

「おいおい、変なところで律儀で真面目なんだな。俺はそもそもテメエのせいで死にかかってるんじゃねえか。いまさら姿ぐらいでどうにかなったりするかよ」

なんか、さっきからやたらおろおろしてやがるぞ？　イラつくなあ。

いいから早いところ姿くらい見せろってなもんですよ。どんな外見だって知ったことじゃねえし。

いやまあ、とんでもなく怖いヤツでビビるかもしれないけども、その時はその時だ。それだって、相手の姿も知らないまま死ぬよりマシだ。

知らないままでもやもやするより、知って後悔しながらでも身の振り方を決めるってのが気持ちのいい人生だしな。

「反応を見るに、あまり信用してもらえてないかもしれないが。でも、ボクとしては、キミには出来るだけ誠意を尽くしたいし、むしろキミがボクのすべてだ。キミが望むなら、その通りにしよう」

「おう、頼むぜ」

さっきから妙に恐縮してるような気配だが、要求を聞いてくれるなら聞かせるに限る。

バケモノ相手にいまさら遠慮もへったくれもねえし。

……お、言うが早いか、気配が変わってだんだん明るくなりだしてきた。こりゃすぐに周りの様子もわかるってもんだ。

うーわー、部屋が見事なくらいに瓦礫が崩れかけ埋もれかけで止まってやがる。なるほどさっき言ってたのはこういうことか、すげえ状態だなこれ。

よーし姿もだんだん見えてきた……どうも人型のようだな。ドラゴンとかみたいにデカブツだったらマジでどうしようかと思ったぜ。

これならせめて一発ぐらいはぶん殴れそうだ……って。

ちょっと待て……お前誰だ？　って言うかお前がお前だよな!?

女かよコイツ!?

# ００３：運命の出会い

「その……こんな姿だが、大丈夫かい？」

ああ女だ、こいつマジ女だった。

しかもとんでもない美女っていうか美少女っていうか、美女どころじゃない美女中の超美女で、まるで後光が差してるぐらい尊みあふれてるじゃねえか!?

キレイで可愛くてキレイで可愛いぞ。どう見ても超すごくキレイで可愛い。

俺にはそれ以上まともに出てくる言葉はないくらい、とにかくキレイで可愛いすぎる。

頭の角も、あからさまに魔族っぽいがぴったり似合ってる。

……本当にこんな理想的なヤツなんて存在しててていいのか？

やべえ、どう考えても一発殴るとか無理……ドラゴンみたいに覚悟さえ決めれば殴りに行けるってもんでもねえぞこれ。

「ちょ、おま……なんでそんな……。ああ言葉にならねえ……どっかの姫なんてもんじゃねえぞ、おい!?」

コイツどんな感覚してんだ。こんな姿で文句なんかあるわけねえだろ、いやキレイすぎるっちゃキレイすぎるんで、逆の意味ならわかるけどさ。

もう、美女なんて言葉ですませていいのかわかんないぐらい、素敵に激しくこの世のものとは思えないっていうか。実際にバケモノなんだから、この世のものじゃないすげえ美女だろコレ……そりゃ免疫のないやつは、こんなのひと目見たら卒倒もするっての！

「その……平気か？　ボクを見ても特に問題はないか？」

「問題なんてあるわけないだろ！　っていうかむしろなんで今まで真っ暗にして隠してたりするんだよ、見せなきゃもったいないないだろ！」

「……は？」

「なんだその神がかった銀髪に白磁の肌、極めつけにサイッコーに均整の取れたプロポーションに可憐な瞳！　俺の貧弱な頭じゃそれくらいしかわかんないが、キレイすぎ美しすぎ可愛すぎってやつだろ、ふざけんなテメエ！」

ああくそ、だからか！　だから声が妙に耳障りだったってわけか！

こうやって目の前にしてみればコイツ、声から姿から、すべてが好みすぎるじゃねえか！

完全に不安そうに無邪気な顔できょとんとしやがって！　そんなの、不用意に頭なでたりして可愛がるぞこのヤロウ！

なんだこの極めつけにヤバイ存在。もうココまで来ると女神とか魔女とか妖姫ってやつだろオイ。

こんなの、国の二つや三つくらい簡単に傾くに決まってるぞ！

存在自体が歩く禁忌の書みたいで、むやみに綺麗すぎて逆に困る。

すべてがドンピシャすぎて、俺の心がざわつきすぎるってやつだ。

幻覚でも見せられてるんじゃないだろうな？

もはや王侯貴族どころか神とか魔物の領域でしかないぞ。いやバケモノだから魔物の領域で合ってるのか。

っていうか俺、こんな見目麗しく神々しいまでの小娘に向かって、さんざんバケモノとか言ってたのか。死にたい。周りの瓦礫が崩れたらマジ死ぬけど死にたい。

「ええとその様子だとほめ言葉だよね……ボクは一応、見た目的には大丈夫と思っていいんだな？言っただろう、誠心誠意尽くしたいと」

うわ……マジで、深々と丁寧に心からお辞儀しやがった。

世の中なんでも思い通りになるような、とんでもない能力の美しすぎる魔物様が、だ。

こりゃあどっかの王様に頭下げられるより難しいぞ、おい。

だいたい、さっきまでの胡散臭《うさんくさ》さがなくなったせいで、逆にうまい話すぎねえか？

なんでそれなら最初から姿現さなかったとかいろいろあるし。

「いやちょっと待て。なんで俺なんだ？　冷静に考え直してみると……その、なんかいろいろおかしくないか？」

「決まってる。だって、ボクがキミに好きなように使われたいと望んでるからだ」

胸に手を当てて、まさに「長年待ち焦がれてたし待ちきれませんでした！」って感じで切なげに絞り出すように、熱っぽく宣言された。

これじゃ、まるで告白かなんかじゃねえか。

ヤバイヤバイヤバイ。落ち着け、落ち着け俺。

だいたい、好きなようにって……こんな見目麗しく純粋なヤツにお願いされたら、いろいろ勘違いするぞ。

しかも駄目だコイツ。ウソもつけないレベルで話し下手な上に真面目すぎだ。

そのせいで、気持ちが高ぶりすぎてて話が通じてない……そこからかよ。

「えーと、その……すまん、そうじゃない。悪いが、そういうお前の感情とか都合を聞いてるんじゃない。理由やいきさつを知りたいんだ」

「あぁ……すまない。なるほど、そういうことか」

いちいち、なんだか遠慮して恐縮がっている。

むしろ、勘違いして熱くなったのを照れて恥ずかしがってすらいる。

コレが演技とは思えねえし、まいったな……暗いときのがやりやすかった……。

なまじ見えちまったら、今度はウソ言ってないのがわかりすぎて辛い。

これがこいつの言う運命か！　運命ってやつか!?

「ボクはね、運命を操ってしまうんだ。なんでも、物事が思い通りに都合よくなってしまう。おかげで、封じられる前は他人にいいように使われてたりもしたんだけど」

「は？　お前さんに都合よく思い通りなら、使われる理由もねえんじゃねえの？」

「逆だよ。誰かに賛同してしまうとかすると、都合が良くなってしまったりするんだ」

あー、なるほど。

自分が誰かの意見に傾いたり、好き嫌いとかを持っちまうと、いろいろ世の中の運命に問題がでてくるってことか……っておい、それってかなりヤバくねえか？

これ魔王とかだろ、それどころか魔神とかそういうやつ？　すごすぎてワケわからん。

「その、よくはわからんが、全部言う通りだったとして、だ。もしマジならすげえ能力だと思うんだが、いいことに使ったりすればいいんじゃねえの？」

「それが……ボクには、人間や他の生き物の善悪や良いこと悪いことっていうのが、よくわからないんだ。物事を知ってても、ちゃんと理解出来ているわけじゃないから」

なんかすげえ真剣に寂しそうに悩みを語られた。いきなり懺悔か相談室じゃないかって気さえする。

まあ……運命なんてモンを操るのが自然な感覚だったら、そうなっちまうのかね。

たとえば、戦争で勝った側が正しいかどうかなんて誰にもわかんねえみたいなもんか。

「でも、キミだけは操れない。そういう相手を一〇〇〇年かけて見つけた。それが理由だよ」

さっくり言ってくれてますけど、コレって衝撃の事実すぎませんか？

もし事実なら、死ぬほどクソ長い間、ずっとずっと俺を待ってたってことになるじゃねえか……けど、コイツは人も騙せねえみたいだし、マジっぽいよなあ。

「おいおい。それじゃ、なんだって俺は二六年もかけて、こんなとこ来たって話になるんだよ」

操れないのに、俺がここに来るハメになったとかおかしいんじゃないの？

それになんか大層な話になってきて、俺みたいな野郎には過ぎた話に思うんだが。

「キミは操れない。でもそれ以外の運命がボクに都合よく動いたからだよ。だから二六年もかかったし、キミの運命は歪《ゆが》んでひどいことだらけだったろう？　ボクに近づきすぎたせいでこうして死にかかってるくらいだ」

うーわ、あっさり衝撃の真実が語られた。やってらんねえ。

言うとおりだとしたら、マジで今までのアレコレは全部こいつのせいだってことかよ。

しかもコイツにとっちゃ、一〇〇〇年かけてやっと見つけた希望ってことになるじゃねえか……たしかに俺はクソ人生だったかもだが、嬉しくはねえにしても後悔してるわけでもねえし、さすがに怒るに怒れねえぞ。

「まあ、なんだ……そう言われて、すぐさま納得はしねえよ。出来ねえし、その必要もないと思うしな。けど、それはそれ、これはこれだ。たとえそうだとしても、俺の人生を譲る気なんてねえぞ？」

「うん、わかってる。だから……ボクの運命をキミに託す。言ったろう、キミに自由に使われたいんだ」

さっきから、だいぶ必死そうにお願いされてる気がする。

いろいろ紆余曲折がたまりすぎてて、しかも話下手なせいで端折りすぎなんだが、ガチで真剣にお願いされてる……ってより、もはや懇願以外の何物でもない。

おかしなことになってきたな、これ。

運命を思いのままに操る神々しい美少女魔物にお願いされる、しがない盗賊（二一六）。

なんだか、俺みたいなやつにへりくだるコイツが、かわいそうになってきたぞ。

「ええとだな、こちとらしがない盗賊ハンターですよ？　そんな魔王とか神クラスっぽいトンデモ能力の悪魔みたいなヤツが、俺なんかでいいって本気で思ってるワケ？」

「あたりまえだ！　そんなの決まってる……キミはボクの運命の人だぞ。ついさっきだって、自分の命より世界を選ぶようなすごい人間じゃないか！」

それはもう、切実に泣きそうなほど真剣な目でお願いされた。

しかも運命の人って……いやまあ運命を操るようなバケモノ様からしたら、事実上そういうことになるのかもしんないけども。

コイツ本気だ。どうしようもなく本気だ、くそっ。

こんなの、目を見たらすぐわかっちまうじゃねえか。このままほっとくと、どうしていいかわからなさのあまりに泣きそうだぞこいつ。泣き方もわからなそうなくせに。

ああもう、簡単に本心かどうかわかっちまうとか嬉しくない職業病だぞ。

勘弁してくれ……すげえ超絶魔物様のくせに、そんな純粋なキラキラした目で期待をこっちに向けるな、頼むから。

どう見たって、俺にそんな甲斐性ないなんてコトは、すぐわかるだろうに。

「そりゃ買いかぶりってもんだ。こんな世の中、死ぬときぐらいまともに死にたいだろ。死ぬ前がクソだからって、死んでもクソなんてのはゴメンだってのが人間ってやつでな」

まったくクソだ、この世はクソだとしか思えない。

やれやれ、なんで姿見せろなんて言っちまったんだろうな俺。

こんなんじゃ、いたいけな箱入りお姫様にいじわるするだけの、カッコ悪いチンピラじゃねえかよ……。

「買いかぶるもなにも……エイヤ、キミの言葉で言うなら【このクソな世の中のクソ連中をメチャクチャにしてやる】なんて望むことだって出来たはずだろう?」

「そりゃまあ……俺の人生は俺のモノだけど、他人の人生は他人のモノだし」

運命とかを操るとかなんとかは知らんけども、少なくとも他人にまで俺みたいなクソな人生送らせねえほうがいいと思うからな。

「封印される前のボクは、誰かに喜ばれたくて言われるままにした。一〇〇〇年前はたくさん国を滅ぼしたりしたんだ。たぶんめちゃくちゃしたんだと思う。だけど、ボクにはみんなにとって、なにが正しいかや、ボクが望んでいいかどうかはわからないんだ」

心底、苦しそうで情けなさそうな顔で言いやがった。

本当に裏表ないんだなコイツ。

あー……わかったわかった、だからそんな悲しさと切なさをミックスしたような、そのくせこっちを気遣ったような、それでいてどこかすがるような顔をするな。

仕方ない小娘だな、ちくしょう……そして俺もだ。

さっきまでバケモノ扱いしてたってのに、コイツの顔見ただけでこれかよ……クソ。俺もほんとクズ野郎だ。

どう考えても俺より年上の小悪魔娘なのに、こんな態度されたら断れないと来た。

「なにがいいとか悪いとかなんて俺が知るか。知ってたらあんなこともこんなこともやってねえだろうし、こんなところにいねえよ、ただな……」

頭をかきながら、話を続ける。

くそ、こういうのダメなんだよ。

「その、マジで困ってるヤツを蹴倒すほど腐っちゃいねえってだけだ」

半分本当で半分ウソ。

いままでたくさん蹴倒してきた。単に、倒れたやつまで踏まないってだけだ。

自分の欲求に忠実ってだけのことで、その中に【後味の悪さまで味わいたくねえ】ってのがあるだけでしかない。

だから……この目を裏切れない、そんだけだ。

# ００４：契約

「じゃあ……いいのか!?」

見るからに、彼女がぱぁぁっと期待に満ちた眼差しになる。

肉を目の前にした犬でもそんな顔しねえぞってくらい。勘弁してくれ、こういうのどうしていいかわかんねえから苦手なんだよ。

なんで長生きなのにそんな純なんだよ、容赦なく可愛がるぞ！

「まあな……たしかに俺はクソでどうしようもないし、出たとこまかせで生きてると思ってるよ。今でさえ、選んでそうなったと思ってる。だから、選んで契約してやるし、望みは最初に言うぞ」

「本当か!!　ありがたいなあ……ああ、ああ……!!　そうか、そうだな……うん、なんでも聞くぞ、遠慮なく言ってくれ！」

おいおい、マジかよ……どうしてこんなことくらいで、そんなとてつもなく嬉しそうな顔するんだお前。

人間風情のひとことで、何度も何度も喜びを噛みしめてるとかおかしいだろ。

まるで、砂漠でオアシスかなんかを見つけたみたいに、感極まってどうしようもなくなってるじゃねえか。

そもそも、こんな俺なんか頼るとか変だろ、もっと選びようがあるだろ。超絶最強美人のスーパー魔物様だろ、お前さんは。

だいたい、運命がそこまで操れるとかなら、こうなるのわかってんだろ?

俺のことが操れないとしたって、ほぼ確定なんじゃねえのか?

なのにそんな顔されたら……こっちまで照れるじゃねえか。

「あー、ゴホン。じゃあ望みを言うぞ、覚悟しろ」

「うん、なんでも言ってくれ！　どんなことでも従うぞ！」

ああ、そんないい顔でなんでも従うってヤバイだろ普通に考えて。

でも、そうじゃねえだろ、そうじゃねえ。

世の中ってのはそうあっちゃいけねえ……絶対に。

自分が全部任せられるって相手にこそ、任せきっちゃいけねえんだよ。

「俺は運命とか知らん。お前がどんな能力でどんなやつかも知らんし、ぶっちゃけ他人のこととかどうでもいい。だけどな……」

この世はクソでクソだ。

だから、せめて自分で選ばなきゃいけない。そうじゃねえのか?

「お前はお前らしく好きに生きろ、その上でクソみたいな世間のルールも一応守れ。そんでときどきハメ外せ、見えないトコでな。それが俺の望みだ、わかったか！」

あー、どうしてこう、カッコつけちまうんだろうな俺。

もしコイツが男だったら俺はどうしたろうな……まあ、一発ぐらい殴ってたかもなあ。

でも「世間知らずには、まず世の中を教えてやる」ってのはあんまり変わんないか。

だから、人の運命をさんざん操っておきながら、自分のことはまるでわかってなさそうなコイツには……運命を自分で選ばせるだけだ。

「うわ、すごいな！　自分のことをなにも望まないとか、そんなことって出来るんだね！　ただ、ひとつだけ聞かせてくれ。すまないが、その……ボクらしい、とはいったい？」

まったく、あどけない顔でわくわくしながらぽかーんとしやがって。人間なんかより、よっぽど長生きのくせして、そんなのもわかんないのか。

どんだけ真面目ちゃんなんだよ、考えたこともないって顔しやがって。

思い通りに行きすぎて、一〇〇〇年も引きこもった挙句、逆にこんなささやかな希望しか持てないってのは、あまりにも切なすぎるだろ。

「知るか。お前のことなんだから、お前が勝手に見つけることだろ。だいたい、見つけようが見つけまいが、どう思ってても勝手にお前になるよ」

世の中そんなもんだ。

放っといても自分は自分で、それ以外にはなりっこない。

憧れようとなんだろうと別人にはならないんだから、ただそれを認めるだけのことだ。

「ああそうか、そういうものなんだな。いいなあ……いい、すごくいい。ボクが選んでいいなんてものがあるのか……さすがエイヤだなぁ……！」

「当たり前だろ？　お前さん、どう見たって思い通りになってねえのが証拠だよ」

「……っ!?　そんなことを言われたら、ボクは最高すぎてどうしていいかわからないじゃないか。キミは天才か!?　ああもう……！」

マジか……こんな程度でここまで嬉しそうに噛みしめるように、夢見るようにはしゃぐのかコイツ。

なんか幸せそうな顔しやがって、惚れちまうだろうが。

こんなの、俺なんかみたいな世間を知りすぎた腐れ野郎なんかより、よっぽど人間らしいじゃねえか。人間より魔物のほうが人間らしいとか、世の中やってらんねえ。

「んぅ……ボクが見つけるボクらしいこと、か。それってどんなモノだろうな、すごく人間らしかったりするんだろうか？　それって素晴らしいんだろう？」

ああもう、たったこれだけのことで、そんなに心ときめかせながら、真っ赤になるほど感極まった対応してくれるなよ。

擦れた野郎には、そういう純な女の子の反応はまぶしくていろいろとツライ。

なんだこの、明らかに年食ってるのに、ピュアッピュアな感じの純でヤバイ生き物。

人をダメにする魔物としか思えなくなってきたぞ。

「まあ、そのうちわかってくるだろ……ところで契約ってのはなんだ。それと名前をそろそろ教えろよ、いつまでもお前ってわけにもいかんだろう？」

「たしかにそういえばそうだった。でも、契約は難しいことじゃない。単に、ボクに名前をつけてくれればいい」

「……はぁ、名前？　お前さん名前ないのか？」

おいおい、こんなヤツが古代帝国とかにいたら、ご立派な名前があるだろ普通。それともなんか魔法とか儀式的な理由か？

名付け親とか、それって結構重いんだが。家畜に名前なんかつけたら食えなくなるやつじゃねえか。ヤバイ気配しかない。

「うん、名前はない。だからキミに名付けられたい」

「マジか……そういうの苦手なんだが……」

「まあ、いろんな呼ばれ方はされてる。神だの聖女だの魔神だの勝手につけられた呼び名ならあるよ。だけどそれは本当のボクの名前じゃない。それに、真の名前は弱点にもなるからね。でも人間なら……名前があるだろう？」

まあコイツぐらいめんどくさそうな存在だとそういうのもあるのか。

案外、魔物とかの世界もいろいろと大変なんだな。

「別に本当に真から人間になりたいわけじゃないんだし、そのへんはなんだってかまわないんじゃないか？　運命の女神なんちゃら、みたいなのでもいいわけだろ？」

コイツたぶん、古代帝国の魔神とかそのあたりっぽい気もする。

他国から見ればどうやっても敵わない邪神、帝国からはすべてを叶える神。

だから魔神ってわけだが、そんな存在がこんなにあけすけで純真無垢でいいのかよって感じだなあ。

「そうもいかない。名前は所有権を示すものなんだ……魔術的に。だから名前をつけられることで、封印から出て使い魔《キミのモノ》になる。これならわかりやすいかな？　それにさっきも言ったように、ボクはキミに使われたい。だから、この場合の名前は、契約をあらわすと思ってくれ」

ちょっと待て、本気かよ。なんだその従属バンザイあなたのペットになります宣言。

しかもそういう、こっ恥ずかしい危険セリフを、どうしてこんなにも笑顔で熱っぽく生き生きと嬉しそうに言うのか。

あからさまにわくわくしやがって。

ちくしょう……こんな、すぐ悪いやつに騙されそうで危うい生き物、放っとけねえじゃねえか。

ちょっと目を離したら変なところに連れてかれそうなヤツじゃん！

「ああ、わかったわかった。名前つけてやるからまずは落ち着け。ってもこう、学がないからすぐにこれっての出ないな。お前さん、なんか好みとかあるか?」

「……む。ボクにはあまり好みとかはない。もともとあまり持たないようにしているのもあるかもしれないが、おそらく好みになるほど実際に物を知らないんだ。運命や出来事なら知ることは出来るが、それは手紙や人づての話みたいなものだろう?」

まっさらすぎて危なっかしいなおい。

こんな世間知らずで真のラスボスみたいなやつと契約して大丈夫なのか俺。

「じゃあ、お前さんの名前は【ヴィーデ】でいいかな、空っぽって意味だ。今の様子だとそれくらいでちょうどいいってヤツじゃねえかな」

……純白とか無垢とかって意味でもあるんだが、そんなの恥ずかしくて言えるかよ。

# 005：名前

俺が名前を言った瞬間、魔法陣っぽいのが空中に現れて、彼女に吸い込まれる。

なんか後戻り出来ねえ感がすげえんだが、まあ、これも俺が自分で選んだんだし、よしとしよう。

しかし、名前だけでこんな儀式っぽくなるってのも、さすがは魔神とかってやつなんだろうか。

などと思ってたら、当の本人は喜びを隠しきれない様子だった。

「うん、ヴィーデか、いい名前だな。そうかヴィーデか、ヴィーデ……ヴィーデ……」

ああ……見るからに感極まって震えてやがる……マジだ、マジなやつだ……。

これはマジに本気で心底喜んでるってやつだ。はじめての宝物でどうしようもなく嬉しくて仕方がないってアレだ。

なんだか、いてもたってもいられなくて、食事中にまで横に置いたりさんざん触り倒した挙句に、ベッドまで持ち込んで大事に抱えて眠るってやつだ。なんだかんだで、一ヶ月ぐらいそれしか考えらんなくなるとか、そういう感じの。

なんか本気でマズイ生き物を相手にしている気になってきた……大丈夫なのか俺。

こんなのどこまで耐えられるんだろうか。

「……ボクはいまからヴィーデって名乗っていいんだな？　本当にいいんだよね？　ああ……名前だ、本当に名前だ。これが、名前なんだね……ぞくぞくする！」

「……お、おう。まあそうだな、いまからお前はヴィーデなんだから」

「っ……!?」

突然、ヴィーデが雷にでも打たれたかのように、びくんとする。

「おい、どうした？」

「そうか、ああ、そうかそうか！　そうだよな……ボクはこれから名前で呼んでもらえるんだね！」

「ま、まあ……そういうことだ」

うわ反応がすげえ。

いてもたってもいらんないってやつだ、目が思いっきり輝いている。

あまりのことに感動しすぎて、頭が混乱してじっとてらんないし、そもそもどう反応していいかわかんないっていう感じだ。

あ、でもこれってもしかして、初めて誰かにちゃんと認めてもらえたってやつなのか？

そういや、自分があやふやで確証がねえって言ってたもんな。そりゃ嬉しいっていうか、未知の体験ってやつならわかる気もする。子供が初めて喋ったときの親の騒ぎっぷりみたいなもんだ。

「すまない……ええと、悪いが、ボクを名前で呼んでくれないか？」

ヴィーデは少し迷ったあと、恥ずかしそうに、でも我慢出来ないという感じで、おそるおそる願いごとを口にした。

こんな必死でささやかな願い、付き合ってやるしかない。

「ヴィーデ」

「……もういっかい」

「ヴィーデ」

「っ……もう、いっかい」

「ヴィーデ」

「ん……ぅ、……すまないが、もういっかい、いいか？」

「ヴィーデ」

「ああ……うん、すごくいい、身震いする。どきどきが止まらないよ。これが名前……ボクの名前になるってことなんだな。ヴィーデ……一人称をボクの名前にするのもいいかな？　いやいや、さすがにそれでは慎みがなさすぎだろう。第一、魔術対象になる名前を晒しまくるというのはどうなのか……」

「その、これから何度でも呼ぶんだ、とりあえずお楽しみはとっとけよ」

ヤバイ、とにかくヤバイ。コイツ、天然すぎていろいろと危険すぎる。

想像を絶する力を秘めた絶世の美少女が、名前を呼ぶたびに、顔を赤くしながら無邪気に喜び甘えるようなのを何度も見せられたら、人間いろいろダメになるぞ。

昔のやつはひょっとしてこれにやられたんじゃないかとすら思えるほどだ。

「ええとだ……そうやってあけすけにはしゃぐのもいいけどな？　別にそれでいきなり別人になるもんでもない、自分は自分だ。ヴィーデがヴィーデなことが変わるわけじゃない。喜ぶことは大事なんだが、世の中は喜びすぎるってのもまた毒になることもあるんでな……その、今はまあ、それでいいけどな」

想いは時に自分を刺す。

いい感情ならなおさらだ。特に、原体験ってやつからは逃れられない。

嬉しいことなんて何度あってもいい。大喜びしていい。だが、あまりにはしゃぎすぎると際限がなくなって、今度はそれがないと我慢出来なくなる。

ハマるとヤバイ感じのアレみたいなもんだ。

世の中ってのは適度な具合がいいように出来てやがるんで、そういうものってのは大事にしまっといて、たまに眺めるぐらいでちょうどいい。

そうでなくても、大事な出来事ってのは風化しないんだからよ。

「ふむ、なるほど覚えておこう。たしかにこれは諸刃の剣《つるぎ》だ。これでボクは呪詛や魔術の対象にもなるようになったんだからな」

「そういうことだ。世の中、いいことってのは、全部が全部いいことだけで構成されてないことも多いからな」

うんうんとなにごとか反芻《はんすう》しながら、俺なんかの言葉に真剣に頷いている。

ちょっとしたしぐさだけでもいちいち可愛いすぎるんだが、どう考えても悪いヤツに騙されるか、逆に悪いヤツがコイツに騙されるよなーって思うわ……俺もそうだし。

「まあ、なんにせよこれで契約は成立だ。晴れてボクもココから出ることが出来るし、エイヤも生き埋めから脱出出来る」

「おー、ちゃっちゃとやってくれ、さっさと出ようぜこんなトコ」

もし本当に運命が思い通りになるってなら、ここからすんなり脱出出来るって寸法だ。

そうと決まれば、いつまでもこんなところにいても仕方ない。

「……ただ、一つだけ問題があるんだよね」

「おいおいなんだよまだなんかあるのかよ。俺に期待してもなんも出ないぞ」

話の順序が遅いというか、結論から話さないのは長生き種族《エルダー》の悪い癖だなあ。

時間持て余してたり結論を出さなくても良かったり、年食ったやつはだいたいのんびりになるんだよな。

タイムイズマネー。

「うん。運命と時間の法則の関係でね、基本的に起こったことは覆らないんだ。だから現時点はすでに起きてしまったアウトな運命でしかない」

「まあ、運命ってのは普通そういうことになるっぽいよな」

「む？　つなぎ方とポイントさえ押さえておけば、多少ならやり直せるよ」

やり直せるのかよ、運命って思ってたよりずいぶん軽いな!?

「いつでも出来るわけじゃないんで、そこは覚えておいてくれ。準備とか制限があるんだ」

「制限？」

「そうだよ。もし、過去からやり直したところで、放っておけば同じ認識で同じことをするだろう？　未来の記憶を保ってないと戻す意味もない。だから、たとえばココみたいに流れと違うポイントを作ったりするわけだよ」

たしかに、考えてみれば、巻き戻ってるのに未来の記憶が残ったままで戻れねえんじゃ意味がない。やっぱり俺が封印ぶっ壊して生き埋めになるだけだ。

結局、どこだって行ったり来たりってのは、なんでもややこしいってことか。

そう言われてみりゃ、忘れ物だって取りに帰るのは簡単だが、面倒だもんな。

「つまり、俺の二六年は戻ってこないってことか」

「うん……そういうことになるね」

ヴィーデがあからさまに申し訳なさそうになる。

まあ二六年が返ってくるならコイツがこんな気に病んだりはしねえもんな。

要するに、つなぐってことは、あるポイントで切り飛ばすようなもんだってことか。

事前準備とか必要で、タイミングがあるってことかね。まあ、なんだかんだでそのほうがいいのかもしれないと思うけどな。

世の中、なんでも出来すぎるってのは、だいたいあまり良くない。

なんでも試せるってのはいいんだが、なんでも出来るってなると、しなくていいことまでするもんだからな。

それに、どうせうまくいくからなんてのも最悪だ。

結果が出る出ないにかかわらず、やるだけやるべきってのが俺の持論だ。

手に入らないものまで高望みしない。なかったはずのものに変な期待をしない。

細かいことは気にしないでいい、くらいの余裕があれば、大抵の物事はそれくらいで十分ってやつだからな。

「まあ無理ならかまわねえよ。じゃあ今は、とりあえずこの状況をやり直すってわけか」

「そうだよ。封印を解いた上で生き埋めにならないためには、事が起こる前に巻き戻して違う運命をやり直す必要がある。まあ難しいことはすっ飛ばして、つまり……だ」

「つまり……？」

とても素敵にイヤな予感しかない。

「……封印を解くところまで戻すから、崩れる遺跡の中、ボクの手を引いて連れ出す必要がある」

「ちょっと待てコラァ!?」

思い通りの運命って、思ったより過酷だなオイ。

# 006：脱出準備

まあ、そっちにも理由がなんかあるんだと思うんだけどさ。

にしたっていきなり大冒険すぎませんかヴィーデさん。

「……む、どうした。それで大丈夫のはずなんだが……ダメかな？」

「いや、ダメとは言わないが、その……なんだ。どう考えても世紀の大脱出だろう、それ。運命を操るってヤツだったらこう、なんか素敵パワーとかあったりしないのか？」

うん、そもそも崩れないようにするとか、それ以前に最初からダンジョン脱出してるような運命があってもいいと思うんだ、俺。

しかも、いつの間にか手を引くオプションが追加されてる気がする。

「なにか問題あるかい？　運命から言えば脱出出来ることになってるから平気なはずだよ？」

ドコが問題なのか、これっぽっちもわからない、といった感じのヴィーデ。

あ、これ現場を知らない指揮官の発言だ、やばい（やばい）。

現実を教えてやらないといけない。

「あー、軽く言ってくれますけどねヴィーデさん？　空を飛ぶとか、超人みたいな運動能力があるとか、とても力持ちとか。もしくは素敵な魔力で壁吹っ飛ばすとか、どんな岩でも防御するとか、なんかそういったのに優れてたりします？」

「いやまったく」

「マジで？」

「マジで」

　マジなのか……。

　こりゃあ、感覚に相当ズレがある気がする。

「ボクは姿が人間とあまり変わらないし、運動も行動も人間とあまり変わらないと思うよ？　それに体を動かすのは久しぶりだからね。でも、ボクは身体に行動をそれほど依存していないから、疲れたりとかそういうのはないかな」

「え、それじゃ魔法とか、なんかスーパーパワーとか、そういうのは？」

「人間から見たら魔力は無尽蔵なくらいにあるし、たぶん出来るけど、効率悪すぎて、あまり直接物理で使うものでもないかな。でも、運命には問題ないし無事に済むはずだよ？」

　ヴィーデはそんなの当然といった様子だ。

　出来なくないけどやる気なし。すでに必要な手は打ってあるから問題ないってやつか。

　うん、ダメだ、明らかにダメなパターン。自信たっぷりに明るく嬉しそうに言っちゃいけないやつ。

……ああ、そうか。なんとなくだが、理解した。

こいつの言う「運命的に正しい」ってことは、つまり【俺の行動や考えも全部が運命】なんだな。

そして俺はコイツのご主人様。

たぶん、彼女の操る運命には俺のことまであまり含まれてなさげか、もしくは俺がやる行動も同時に含まれてるか、どっちかってやつっぽい。

どっちにしろ、要するに【俺が全部まとめて面倒見る】って話じゃねえか、おい。

運命ってこんなにも切ない。

「ヴィーデさんや。お前さんの言う運命ってのは実際のところを知らない話でな。現場の人間はそりゃあ毎日が命がけで大変なワケですよ。で、その運命ってやつがちゃんとつつがなく流れるには、いろんなやつが苦労するわけでね？」

そう！　たとえばいまの俺とか！

「で、聞いた感じ、いまのお前さんはぶっちゃけ普通の人間か、よくて駆け出し冒険者でしかない」

「うん、そういうことになるね」

「となれば、俺が全力フォローしてやっと外に出れるか出れないかってところですよ。運が悪ければ、普通にダンジョンと一緒に土の中に逆戻りってわけでね？　結果を知ってたって、そうそう信じられないような物事なんか世の中にたくさんあるってことだ」

コイツに「無事に脱出出来る」と言われたって、それは結果論でしかない。

世の中なんてのは、過程があって、初めて結果が出るように出来てる。

もしかしたら別に頑張らなくてもどうにかなったりするのかもしれないが、世間ってやつはふざけたようにクソみたいなもんだ。

だから、だいたいのことは誰かが一生懸命になった結果で出来てる……たとえ、どんなにシケたことや、うまくいかないことでも、本人はだいたい本気だ。

誰もがいっぱいいっぱいで溺れかけで不幸まみれになりながら、なんとか息継ぎしながら過ごしてる。それが運命ってもんですよ。

まあ、俺としてはそんなあやふやな運命とやらには命を預けらんないんで、もしこいつの言うように都合のいい運命とやらがあるにしても、精一杯なんかいろいろやった上で勝手にそうなるもんだってのが正しいと思う。

もし、正しくなくても知ったことじゃない。

なんか少しマシになるかもしれないなら、そうすべきだからだ。

頑張ったおかげで、いつもの飯にサービスの付けあわせが出てくるかどうか。

そいつが俺の考える運命ってやつだ。

頑張らないでも飯が食えるからいいだろってのは運命じゃない。そいつは、いわゆる保険ってやつだ。いざってときに困らないようにするための残念賞でしかない。

そこで、残念賞だけにすがって生きるようになったら、人間終わりだ。

俺はまだ、そんな【ちょっとしたおかずが一品ついてくるだけ】の、ちっぽけなプライドを捨てたくない。それだけのことなんだけどな。

俺の人生はショボいかもしんないが、俺の人生だ。選んで望んでそうなってる。

どんなに不幸だろうが後悔しねえ、それが俺のモットーだ。

それが、運命に巻き込まれまくって二六年もえらい目にあってたってことなら、そのへん実際に体験してもらうしかないってな。

っていうか、コイツにも同じ目にあわす、絶対。

なのに、ウチのヴィーデお嬢様ときたらですよ。

「わぁ！　その考え方はすごいなエイヤ！　素晴らしいよ！」

「……は？」

「そうだね！　たしかにキミの言うことには一理ある、ぜひ見習わなければ。運命の結果がわかっていても、ゆるめずたゆまず最善の努力をするってのはなかなか出来ることじゃない。やっぱり最高だなぁ、キミは。なら、ボクはさしあたってなにをすればいい？」

嬉しそうに拳を握りしめたまま完全にやる気十分ですよ。

ちょっとは痛い目を見たほうがいいんじゃないかと思える一方で、微笑ましいと思うあたり俺もクソなんだが。

まあ俺の人生、それだけろくな目にあってなかったってだけなんだけどな。ただ、そんなクソ経験もどっかで役立ってるかと思うと、ダメな過去ってやつもあながち馬鹿に出来ない。失敗ってのは、結構使える経験なんでなあ。

「やることと言えば、ゆっくりでいいからコンスタントに走ること、これに尽きる」

「ふむ、それくらいなら十分出来そうだ」

「つまずかない焦らない転ばない、でも、ここぞって時にはなりふり構わず振り絞る。そういう意味ではスタミナの心配がないのはありがたい。とにかくヘタに止まらないことだ」

「なるほど！」

「変に歩いたり休んだりすると、結果的には、ずっとゆっくり走るより遅くなるからな」

ヴィーデは、新しいおもちゃをもらったんじゃないかってくらい、キラッキラの目で真剣に聞いている。食いつきがすげえ。

まあ、基本的に安全を確保しながら走り続けることなんだが、疲れを知らないお嬢様だっていうなら、こういうドレスか魔術師みたいな格好の素人でも、なんとかなるかもしれない。

というか、人間は崩れ落ちる地下遺跡を見たら、運命がどうこう以前に逃げるものなんですよ、ええ。ダンジョンが崩れ落ちる中、笑顔でスキップしながら脱出とか無理だから！

「なるほど。エイヤはさすがだな……ボクにとっては運命は必然だし、そうなっていると思うとキミが思うより積極的には動かない気がするから、その考え方や行動力は本当に見習うべきだね。よろしく頼む」

尊敬するような眼差しで……いやたぶん実際に尊敬しながら熱く語られた。

興奮気味に、手まで握られた
うん、たぶんそこ幸せそうに感心しながら目を輝かせるところじゃない気がするんだ。

人間は常に必死で一生懸命なんですよ、日々を過ごすので精一杯なんですよ。しかも崩れるダンジョンから脱出するとなればなおさら。

だってのに、いちいち素直で可愛いくて健気だからな。毒気抜かれるぜもう……。

「……じゃあ、お前さんの分も含めてざっと計画だけ立ててるから、少しだけ時間をくれ。俺だけならともかく二人だからな」

「わかった、準備が出来たら教えてくれ。そこまで巻き戻す。開始はキミが封印を外す直前からで、ボクを拾ってからが崩壊のスタートになる」

「はいよ。走力にはせいぜい期待しておきますよお嬢様」

「むっ……お嬢様？　それはボクのことかい？」

「それ以外に誰がいるってんだよ、ヴィーデお嬢様。別に姫とか王女様でもいいんだが、今後のこともあるからな。どっかのお忍び貴族令嬢とその付き人って立場ぐらいのが後々楽だし、雰囲気もそれっぽいんだよ」

まあ箱入りとか、見目がキレイすぎて人心を惑わしそうとか、そんな意味も含めてな。

「ああ、エイヤは本当に物事の見通しがいいんだな。ボクはそんなところまでは考えていなかった。それにしてもこのボクがお嬢様だなんて……ああ、ダメだ。こんな時だってのに興奮して落ち着かないぞ」

うわ、ほんとにこのお嬢さんは人間をダメにする装置だな。あからさまに顔を赤くしてドギマギしやがって。

こんなにほほえましく喜ばれたら、なんとなくそう思えただけとか、とてもじゃねえけど言いだせねえじゃねえか。

# 007：封印解除

……さて、だいたいの計画は練った。プラン的にはこんなトコだな。

「よし、ルートについてはだいたい決まった」

「おお、こっちはいつでもいいぞ！」

全体としては、動き始めと中層から上層にかけての、いわゆる〝めんどくさい場所〟をうまく抜けられるかどうかが鍵っぽい。

あとは、やたら嬉しそうなお嬢様の様子を見ながら、うまく状況に合わせていく感じかね？

……まあ、なんとかなるだろ、出たとこ勝負だけどな。

「一応、動きなんかの基本事項だけ教えておくぞ」

「そういうことならなんでも言ってくれ」

あー、完全にはじめての冒険かなんかで待ちきれないお子様みたいな顔になってやがる。

コレ、一応は倒壊する遺跡から逃げ出すっていう絶望からの脱出プランなんだけども。

いやまあ、封印から出るってなるとそれだけで興奮するのはわかるけどさ。

――――ってことで、一通りのことはレクチャーした。

「障害物の基本的な越え方は覚えたな？　あと、ココのルートをしっかり覚えたなら大丈夫じゃねえかな」

「うん、それなら問題ないと思う」

いくつか動きを試させてみたが、思ってたよりずっと運動能力は高そうだ。コレならだいぶ楽にいけると思う。

見た目があまりにもお嬢様だから箱入り娘みたいにも思っていたが、運動能力自体はかなりのものだ。

魔術師のローブとかドレスとかみたいなこの服装で、普通はそんな動けないと思う。さすがは魔物様だっていうことかもしれない。

なんにしても、運命的に大丈夫だって保証付きなのはわかるが、それでも心配して損はない……なぜって、そういう俺の心配や保険こそが運命かもしれないからだ、畜生。

「よし……それじゃ準備オーケーだな、そっち始めてくれ」

「なら始めるよ。戻ったら、前と同じ手順を踏んでくれれば封印が解けるのでよろしく。じゃあ、いくよ……？」

その声とともに、俺の意識は周りの景色も歪んではっきり認識出来なくなる。

魔法陣とか呪文とかそういうのもなしにこんなの出来るのか、すげえなおい。

前後左右がなんなのかわからなくなり、寝てるんだか起きてるのかすらわからなくなる。

……気がつけば、俺は当たり前のようにダンジョン最下層で、封印を外しに来ていた。

いままで未発見だった隠し部屋の中央には、いくつかの仕掛けとともに、中央に封印らしきものが並んでいる。

なんだか【さっきまで会話してた記憶】があるのに【はじめてココに来た】感じはすごく違和感がある。どうなってんだかさっぱりだが、俺にはそんな理屈はどうでもいい。

俺は、まず右の仕掛けを三つ進めて二つ戻す。

真ん中を一度外して、左と右を入れ替える。

そして真ん中を入れ直し、左を三つ右を二つ進めて真ん中を押し込んだ。

うん……やってて思うんだけど、この仕掛けを外したらダンジョンがぶっ壊れるってわかっててやるのは、すげえムカつくな。

他の方法があるわけじゃなし、前にやったことのトレース以外に余計なことやって予定狂っても困るから、やるしかないんだけど。

ガタンと音が響くと、中からゴトゴトと大掛かりなモノが動くような音が聞こえる。

封印がひび割れ、中から光があふれるとともに、ダンジョン全体に地響きが起こり始める。

あー、前の俺はこの光で封印に取り込まれたかなんかで、そのまま気を失ったんだな。

だが、今回はなにが起こるかわかっている。

お嬢様が封印を破って、このクソッタレな世界にやってくるってわけだ。

光が渦巻く魔法円とともに乱舞し、その中に人の型を作り、それが徐々にヴィーデに変わっていく。

「よう、ひさしぶり」

「ああ、ほんのわずかの間だけど、知ってる顔とまた出会えるっていうのは本当にいいことなんだね！　こんなに興味深いとは思っていなかった。そして、改めてこちらでもよろしく、エイヤ」

「おう、よろしくなヴィーデ」

他愛ない挨拶だが、それでも現実の世界で顔を合わせたって意味では初顔合わせだ。

さっきまでのは謎の別空間とかそういうやつぽいからな。せっかくなのでヴィーデにはこういうことは喜んで欲しい。俺は、こうやって物質や感情にとらわれて構わないと思ってる。

ストイックなことが大事だっていうヤツもいるが、無理しないでいいと思うんだ。

それに、どっちにしろやっとのことで封印から出たんだ、挨拶くらいあっていい。

……だが、おめでとうを言うのはあとだ。

「さて、じゃあ行くぞ、走れ！」

「うん！」

「まずは3ブロックほど駆け抜けるぞ、なにもなさそうなところにヤバイやつがあるから、考えずにとにかく俺と同じ場所をたどって来い」

「わかった！」

俺が先導して、ヴィーデがついてくる。

実際、下層から中層まで走破してわかったのは、そのへんの連中なんかより、よっぽど優秀だってことだ。

驚いたことに、実際の彼女の身のこなしは予想以上にちょっとしたモノだった。

お嬢様どころか、熟練の冒険者や探索者に匹敵すると言っていい。

激しい揺れで足場がぐらつく中、障害物を物ともせずにクリアし、いくつかの仕掛けも難なくこなし、軽々とついてくる。

特に、深い溝を飛び越えるって時に、まるで躊躇がないのが人間離れしてる。

距離が飛べるなら飛び越えられて当然。風が吹き上げるとかの影響なんかも考えてるっぽくて、出来るから気にしないといった感じだ。高さに対する恐怖感とか一切ない。

おそらく、本人の中でただの状況の一つとして捉えていて、高いからといっても、他の状況と比べてまったく差がないんだろう。

疲れないと言っていたから息切れもないのだろうし、そう考えると運動に関する発言はだいぶサバを読んでいたか、俺にとっちゃ嬉しい勘違いだってことになる。

おかげで、だいぶマージンは稼いだと思う。

思うが、そういったことで気を抜いちゃいけない。倒壊ってやつはだいたい、脆いところから崩れるもんだし、連鎖して崩れるもんだ。

階層が浅いところのほうが、下層崩壊の影響で危険な可能性もある。

それに、たぶん魔術的な仕掛けで壊してるんだから、どういった順序で壊してるかはわからない。

わかるのは、可能な限り早いほうがいいってことだけだ。

「こっから難所だぞ、気をつけろ」

「なるほど。いままでのような感じで、特徴的な場所があるということか」

察しもいい、すげえな。まあ、運命を操るようなやつだから、きっと普段からだいぶ複雑なことをやってるのかもしれない。

「ココから2ブロック、ちょっと大掛かりな罠があるんで、俺の足跡をトレースしてたどってくれ。ここまでそんだけ優秀ならイケると思う」

「足跡をなぞればいいいんだね。了解した」

右床、右床、左壁、左床、右壁、左床の順に跳んでみせる。

ココは間違うと通路が崩落する恐れが出るようなちょっと大掛かりな仕掛けがある。

おかげで床に踏める場所が少ない。

丁寧なマーキングの余裕があればもう少し楽なんだが、いまはその時間が惜しい。

「右、右、左、左、右、左……と。これでいいんだな？」

「あ、おい……油断するな！」

トレースは正確だ、申し分ない。

けど、左床のあとに【そのまま右床にも足を置く】やつがあるか！

間に合ってくれ！

# 008：脱出

くそっ、足跡は正確にわかっても、コイツには「右床を避けるための左床」だって理屈はわかんねえのか。

ああ、そんなお約束なんて知らなきゃわかんねえよな、そりゃそうだ！

考えるより早く、ヴィーデの腕をひっつかんで倒れ込むように体ごと引き寄せる。

瞬間、天井が崩れてガランガランと大量の瓦礫が降り注いでくる！

ダンジョンが崩壊しているのもあって、岩の重みでの反応速度が異常に早い。落石の罠が即死レベルになってやがる……！

……それでも、ぎりぎり間一髪で間に合った。

「……っ!?」

「ふう、なんとか間に合ったぜ……大丈夫か？」

いまのはマジやばかった。完全に1ブロック分の通路が瓦礫《がれき》で埋まってやがる。

彼女が初心者だってことを忘れた俺のせいだ。

「うん、問題ない……悪かった。危険地帯だって言うのに気を抜いたボクのせいだ」

「すまん、お前が世間知らずだってことを失念してた俺のミスだな。そこはちゃんと、しっかり説明すべきだった」

「……？　失敗したのはボクだぞ、なぜキミが謝る？」

「そういうもんなんだよ……まあ反省はあとだ、行くぞ」

目の前を死神が通り過ぎたことに背筋が凍りかけたが、幸い、俺も彼女も足は普通に動いてくれるようだ。ありがたいことに、その最大の難所を越えてしまえば、それほど困難もなかった。

遺跡を出て、安全圏まで走り抜けきったら、あとは夕日をバックに崩壊を見物とシャレ込むだけってな。

地響きを上げて自重で底までごっそり潰れていくっていう壮大な景色だ。

ココまで大掛かりな仕掛けが来ると地響きが地震のように周りに届くかもしれない。

これも古代帝国関係の遺跡だったはずなんで、ちょっともったいない感じはあるものの、その頃のとんでもない大仕掛けがいまでも綺麗に起動するっていうのは、すげえな古代。

圧巻の光景だが、さっきまであの中にいて実際死にかけたかと思うとゾッとしない眺めでもある。

「あー、助かったぜ！　これでやっとリアルに助かった！」

生きてるって素晴らしい。

「ボクも、これでやっと封印解除だね。誰かと一緒でないと抜けられない封印とか、人間はすごいことを考えつくものだなあ」

「よっし、それじゃ手を出せ」

「……こうかい？」

「おう、これをこうしてだな」

ハイタッチ。

とりあえずの無事を喜び合う。少なくとも、お互い無事にシャバに帰ってこれたってことだからな。

「おお、こういう儀式だか挨拶があるんだな！　いいなあこういうの」

いちいち細かいことに大喜びだな……こっちまで嬉しくなるっつの。

まあ嬉しいときは分かち合うに限る、ってのは早めに覚えといていいだろう。

「まあそういうこった……うーあー、ドコかで一杯やりたい。遺跡潜って一攫千金狙ったら誰かの陰謀でしたとかマジもう勘弁ー！」

ごろ寝バンザイ。

あとはドコかの宿で祝杯をあげるだけだ……まったくの無駄骨で貯金もへったくれもなくなったけどな……。

「しかし……うん、すごいな、すごい。エイヤは毎回こんなことやってるのか。たしかにボクは運命についてキミに軽く話したことについて謝らなければいけないし、学ばなければいけないようだ。

こんなのを当然わかってるように言われたら、怒るのは理解出来る」

ヴィーデさんや、謝らなければとか言いつつ、完全に嬉しそうで「楽しい体験しました！　ありがとう、これからもよろしく先生」って顔してますよ。

まあ、命がけでも、屈託もなくココまで素直に喜んでもらえると、たしかに癒やされるけどな……。

「やってるっていうか、俺だけじゃなく全員がな？　人間なんてだいたいこんなクソ生活ですよ。特に俺みたいな、身寄りも金もないやつは結構こういう危険なことやってる。それでも人間に興味あるかい？」

「もちろんだ。だいたいボクはキミの人生に責任を感じなければいけない立場だぞ。しかも願い事まであっさり全部ボクにくれやがって、お人好しすぎるだろうキミは。ボクを使って金儲けとかする気もないんだろう？」

そりゃあ、そんなことしたら心がすり減りますよって顔してたじゃないですか。

そういうのがわからないのが嫌で、人間を知りたいって自分で言ってたじゃないですか、自覚もなしに。

そんな純真無垢な娘さんに、後ろ暗いことをするのは人としてどうかってやつでね。

……まあ、グレーなことはたくさん教え込むんですけども。特に俺なんて人としてクソ野郎ですから、ええ。

「つうかさ、魔力を物理に使うのは効率が悪いって自分で言ってただろ。なら、その使い所はそういった直接的な願い事じゃないのがいいんだろうし、ヴィーデは俺の使い魔だろ。なら、そのほうが結局は俺の得になるってことじゃん」

「キミは意外に目ざといな。そんなところまでしっかり聞いていたのか。たしかにそうだ。魔力の基本は上流に集中して局所的に、だ。温泉を掘り当てるように。物理に変換して使うなんてのは、炭の燃え残りでお湯を沸かすようなものなんだよ」

「マジかよそれ。そうだとすると魔術師たちってすげえ苦労してんだな」

もし、自分が人生かけて研究した魔法が、源泉から湯を汲み上げることじゃなくて、燃えカスで必死に水を温めてるって知ったら、だいぶ愕然とするよな。

そりゃあ、けっこう大変だ。

魔術師なんてエリート連中だと思ってたが、世の中なんてどこも楽じゃないってことか。

さて、ダンジョンもキレイさっぱりお無くなりになって、地響きも収まったところで、道中のこととか整理しておこう。

「あ、そう言えばさっきはすまなかったな。予想以上にしっかりついてくるもんだから、普通の探索仲間みたいに思って、指示がいい加減になってた」

「いや、アレはボクにも非はある。難所だと聞いていたのに、その通りに実行完了した時点で問題がないと思ってしまった」

素直なだけに、対応もまっすぐだ。またそれが可愛いんだが。

でも、そういう話じゃないんだよな。やっぱそういうところはまだわかんねえのか。

「あー、そうじゃない。ええとな、初心者でよく知らないことにチャレンジするやつはミスしていいんだ」

「ミスしていい？」

「そう、失敗してもいいんだよ」

「そうなのか？」

「慣れてないやつがミスるのは当然で、そういうのはむしろ経験者が事前にチェックしておくべきなんだよ。それを怠って危険に巻き込んだのは俺の責任だ、って話」

むしろ、初心者なんて多少はミスしたほうが問題点がわかりやすくていいぐらいだ。

ミスが少ないと逆に、問題に気づかないまま後々まで抱え込むことすらある。

「ふむ、そういうものなんだね」

「そういうもんだ」

「なるほど、勉強になる。つまり、教えを請う立場というのは、失敗を含めてフォローされるべき存在ということだね」

「そういうこと。ところで、それはそうとえらいよく動けてたな。アレで遺跡の走破が初めてとか、とてもじゃないけど、そうは思えないんだが」

「そうかい？　だいぶぎこちないと思うのだが。これでも久しぶり……本当に一〇〇〇年ぶりの現界だから、まだうまく体が動かせてない。それにボクは人間について、だいたいこれくらいの感じだと思っていたのだが違うのだろうか」

「……は？　おい、ちょっと待て。お前の人間って認識はどういう基準だ？」

おいおい、しれっと言ってくれますけど、どう考えてもなんか特別に鍛えてた的な動きにしか思えなかったんですが。

コイツは人間をなんだと思っていたのだろうか。

「そうだねえ……ボクを討伐に来たり誘いに来たり封印に来たりしたやつと、あとは大神官とか皇族とか将軍とかくらいしか会ったことはない。なのでだいたいこれぐらいかと」

おおおい、さらっと言ってくれますけどね？　それどう見ても確実に英雄とか大魔導師とか勇者とか賢者とか、たぶんそういった人間離れしたバケモノ連中ですよ？

「あ、うん。わかった。悪いけどそれ、人間とか言ってるけど相当に人間やめた感じの特別な連中なんで、たぶんあんまり参考になんない」

まあ、こんだけの存在なら、お近づきになる人間連中もバケモノ揃いだろうからなあ。

「そうなのか。てっきり普通に鍛えればアレぐらいになるものかと」

鍛えすぎですお嬢様。

「ないない。達人中の達人とかその道を極めてあんなもんだ、っていうか俺だってそこまで強くねえぞ？　どうりで、たいして動けないとか言ってた割にはすげえいい動きだったわけだ。あれでもまだまだってわけか、人外とかそういうのパねぇな……」

コイツを人間の尺度で考えちゃマズイってことだな。

でもこう、そういう純な態度見てるといろいろ忘れそうになるんだけどな……ああ、俺もヤキが回ってんなぁ。

男ってホント悲しい生きもんだ。（一回目）

……そこであらためて気がついた。

ついうっかり、勢いで契約して封印から解いちまったけど、俺、もしかしなくてもコイツを養わないといけない？

「あ、ええと、つかぬことを聞きますがヴィーデお嬢様」

「なんだい？」

「これからのご予定とかあります？」

「決まってる。基本的にはキミについていくのがボクの目的だ。それにキミはもともと帝国の古代遺産を探しに来たんだろう？　それなら売り飛ばすにしろ使うにしろボク《おたから》を持っていかなくてどうする」

にこやかでさわやかに言われた。

うん、まあそうですよね……。

ただ、そういうのは置いといてですね、聞きたいのはそういうことじゃないんだよな。

「そうじゃなくてさ、とりあえずやってみたいことってやつだよ。自分を探すために」

「ああ、なるほどなあ、本当にいたれり尽くせりだな、キミは」

いや、これっぽっちの言葉で、そこまで考えがいたるお嬢様もすげえですよ。

まったくいい顔しやがって。

「そうだなあ……今の帝国がどうなっているのか実際に見たいのはあるかもしれない」

「お、いいねえ。そういう感じだぜ。それで、行った先でなんかあるか？」

「うん、あるぞ……とりあえず帝国皇帝に挨拶がしたい」

「ぶっ!?」

なななななにを言い出すんですかお嬢様……とか思ったが、そっか、こいつからするとそんなの日常感覚だもんな……。

# 009:夕焼け

「あー、その……すまん。そういうの俺からすると無理だから」

うん、帝国の皇帝様とか無理、物理的に無理。むーりー。

「む……?」

「ああそうか、そっから説明しなきゃいけないのか……だよなあ」

もう何回目になるかわからんが、頭を抱えた。

帝国ってこう、でかいんですよ！　そんで、やばくてやばいんですよ！

今や魔族メインの集合国家で、いつか世界征服するんじゃねえかってくらいのやつだ。

ここは辺境で大陸の西の端っこのほうだってのに、影響あるぐらいなんで。俺なんか、そのへんの余り物からオコボレにあずかってるだけですからね、ええ。

でも、コイツにとっては、そうしたいと思ったら出来ちまうことだもんな……。

「まあ、今の帝国ってのは、おいそれと近づけないんだよ」

「そうなのか?」

きょとん、とした感じのヴィーデ。

しかたねえ、そのへんの地面に、石で図を描きながら示してやる。

「今の帝国ってやつは古代帝国から分裂したりしたんだけど、現状は魔族中心の大帝国でしてね。いわば魔王軍ですよ。周りの国をきゅーきゅー言わせまくりですよ」

古代の頃の帝国がどうだったかまで知らんが、少なくとも最近の帝国っていえば、まあ、素敵に強烈な魔族の侵略国家。

一〇〇年前の魔族戦争の結果、北から攻めてきた魔王軍に、帝国が取り込まれる形で落ち着いた。

ここ三〇年ぐらいは、帝国を含めてどこも大きな戦争こそ起きてないが、近隣の小国家群を調略したりで、裏ではどういうことやってるかわかんないよなあ。

そういった影響があまりない、こうした西の辺境あたりでコソコソと暮らすのが身分相応ってやつだ。

……俺も男なんで、でかいロマンにまったく憧れがないとまでは言わねえけどな。

いろいろ面倒そうだけど。

「ううむ、大変なのだな……ボクの見立てでは大丈夫そうなんだが」

「とにかく、そういう面倒には近付かないようにしつつ、古代帝国の遺跡とかダンジョンの探索やって、宝物探しとかで日々を過ごすってのが俺みたいなやつの定番だねえ」

ヴィーデはなんか不思議がっているようだが。

君子危うきに近寄らず、ヤバイところには手を出さねえってのが長生きの秘訣ですよ。

魔物狩りやクエスト受注なんてのも、俺には合わねえし。地道に取りこぼしやスルー案件を拾いに行く生活がいいとこですよ、ええ。

なにせ、一攫千金を狙ったらこの始末ですからな。

「まあ、エイヤがそう言うならそうなんだろう。先の楽しみにしておこう」

「マジか……先の楽しみに出来る程度の物事かよ……」

ヴィーデが面白そうに、ニヤニヤした顔を向けてきやがった、猫か！

こっちは面倒事とか勘弁して欲しいってのに。

「エイヤはもう少し、自分の価値を知るべきだと思うぞ。キミのスキルを使えばもっと大きな物を手に入れられるんだ。何度も言うようだが、キミはボクの運命の人なんだからね」

うおう、さも当然って感じに言い切りやがった。

そういう言葉をさらっと、この見た目この声この表情で真剣に言われると、いろいろ勘違いしそうになるんで勘弁して欲しい。

それに、運命の人とかっていうのはもっと重い言葉に思うんだが、ヴィーデが言うと日常感覚ぽいっていうか、おそらく実際に日常だしすげえ軽く感じるんだけども。

たぶんガチでマジで、かなりヤバイぐらいの内容だってのはわかる。

コイツにとっての運命ってのは、俺らが顔を洗うぐらい当たり前の感覚だからな。

まあ、せめて二六年分の価値がありゃいいけどねえ……。

「そんなもんかね、しがない野郎には宝の持ち腐れってこともあるかもだぜ？」

「ふふ……ボクは、キミがこれからどんな人生を選んでいくのか、楽しみで仕方ないんだ。それだけで十分だよ」

「あー、俺は自分でいたいだけなんだよ。それ以上でもそれ以下でもねえっての」

ヴィーデさんや。夕焼けをバックに、そういうことを明るくさわやかに笑顔で言うんじゃない。聞いてるこっちがこっ恥ずかしくなる。

ホント人を駄目にしそうなことばかりだなこいつは。

人によっちゃ、たしかに運命の出会いかもしれないが、どんな人生だって選び方次第ってもんだ。ただ単に、俺はそこで、変な自分にはなりたくないだけってヤツで。思い通りになんか全然ならねえし、世間様にちょっとぐらいわがまま言いたいだけなんですよ。

所詮、かすめ取っていくだけの人生だからな。

「だいたい、ボクみたいなお宝を探し当てたってことは幸先いいじゃないか。お互い楽しみが増えるのは悪いことじゃないだろう……売ったらすごいことになりそうだし？」

うん、もし売り飛ばそうもんなら、すごいことになりますよ実際。

能力抜きでも、この見た目と性格だけで、とんでもないことになりそうですからな。

だからってお宝ってのは、あまりに貴重品すぎるモノはおいそれと売れないんですよ。

ってぃうか、ひとつ間違えると、どこかのお偉いさんにそれはそれは丁重にもてなされたあと、事情を知る邪魔者は一服盛られて、ぐっすりお休みの間にひっそり始末されるんですわ、ええ。

それに、言ってることと態度が全然違うじゃねえか。間違っても見捨てたりしないだろうって安心しきった澄んだ瞳で見やがって。

だいたい、幸先もへったくれもねえ。こうなったのはお前の仕掛けだってのに。

それでも俺が自分で選んだんですけどね……男ってホント悲しい生き物だ。（二回目）

まったく……運命を操るとか、自分が帝国最大のヤバイ禁呪みたいな存在だって自覚あるのか？ないんだろうなあ。いろいろ知ってるクセに、まるで自覚ないし。

「しかしお前さん、自分でお宝って言うだけあって、どこに行くにも死ぬほど目立つからなあ……なんとかしないとな」

「すまない、やはり見た目が問題なのか」

「逆だ逆。良すぎて問題なの。アレだ、銅貨の中に、純度の高い特製の超レア物の古金貨が1枚あるようなもんなんだよ」

きょとんとした様子で、いかにもよくわかってないって感じで微妙に困り顔だ。

可愛くて困る。

「うーん……ボクは自分の見た目が心配で仕方ないんだが」

どう見ても、心底からその通り思ってるのがわかるだけに、世の中ってやつは、なかなかうまくバランス取れなかったりするんだなって思う。

俺からすると、コイツぐらい見た目がいいやつなんて探すの無理じゃね？　なんて思うんだが、本人はまったく自覚がないどころか不安がってる始末だ。

人には、それぞれいろんなモノの見方があるってやつだな。なにが本人にとっていいかなんて、食べ物の好き嫌いぐらいにバラバラだってことか。

「そういうもんだって思っとけ。なんにせよ、まずは街に帰って祝杯だ。俺の生還記念とヴィーデの封印解放記念の宴会はする必要あるだろ」

そうそう、宴会ですよ宴会ってことで、はぐらかしてみせる。

ただ、それでも、多少でいいからこの外見は隠す必要あるなあ。

この世のものとは思えないどころか、リアルにこの世のものではない美女がいたら、どこだって噂になりまくりだ。

ちょっと街に行くのも気をつかうのかと思うと、世の中の美人ってやつも意外と楽じゃないのかもしれない。

ああ、フード付きのまともな外套が必須だが、女物は買わないといけないよな……金もねえのに出費が……。

だからって、記念日までおろそかにするってのもおかしな話だ。

コイツにしてみれば、いくら長生きしてたってはじめての自由だしな。

「……む、宴会か。それは聞いたことあるぞ、貢ぎ物みたいなものと考えていいのか？」

興味津々な様子で上手く話題がずれたようだ、いいことだ。

でも、言われてみれば人間ってより女神待遇だったのかもしれないな。守護女神とか戦女神とかそういう立場だったとしてもおかしくない。

なら、人間と一緒の宴会なんて、まともにやったこともないだろう。

「まあ、個人的な祭りみたいなもんだな。なんかいいことあったときに、なにもありません普段通りですってんじゃ寂しいだろ？　そういうときにぱーっとするのが宴会だ」

「なるほど、準備も少ないし合理的だね」

「お祝いとか記念日とか理由はなんでもいい、そういう気分のときにちょっとはいいものでも食べて幸せになろうってやつだ」

「日々を過ごすための知恵というわけだな。なかなか興味深い」

ふむふむとうなずくヴィーデ。

「そんなもんですよ。人間はお前さん方と違ってすぐ弱るしヘタるし、ちょっとミスるとマジ死ぬからな。だから刹那的でもいいから、出来るときにいろいろやるんだよ」

「ふむ。だから宴会なんだな、楽しみにしていよう」

まったく……わくわくの期待を隠さないままのいい顔しやがって。

こうも幸せそうな笑顔のお姫様にかかっちゃ、それもただの人間らしさかもだけどな。

でも、俺にとっちゃ、いろいろアレだった人生の残念会をやっとかねえとですね、ささくれだったハートがどうにも収拾つかねえんですよ、ええ。

そりゃもう、寝る間も惜しんでいろいろ調べて金と時間使って万全の準備して、なんとか単独で最下層まで行ったってのに！

そこまでしてやっとのことで手に入れてみれば、お宝じゃなく謎のお嬢さんだからな……しかもどうにも手放せないと来た。確実に呪いのアイテムだろコレ。

まあ、運命だろうとなんだろうと自分で選んでる以上、いまさら呪われてたところで文句もねえんだけど……。

やれやれ、こういうときはなんとか重い腰上げてさっさと帰って、しがない運命とやらに乾杯しますかね？

ああまったく、男ってやつは悲しい生き物だな、ちくしょう。（三回目）

# 009・5:ヴィーデの思惑(ヴィーデ回想)

ああ。ようやく……本当に長い時間だった。

念願のエイヤを手に入れた。

まったくもってボクの思い描いたような、最高の相手だ。

彼は、ウソみたいにボクの思った通りにならないけれど、それだけでもう最高すぎて、おかしくなりそうなほどに感動している。

だって、二六年だよ。

かつては帝国で「時計塔の魔神」と呼ばれたり、ボクの思い通りにならないことなんて、なにもなかった。思い通りにしない方法がわからないくらい、すべてがボクの思い通りになってしまっていたのに。

ドラゴンだろうと、勇者だろうと、大賢者だろうと、火山だって、天気だって関係なく。

そんなボクが、全力を尽くして【二六年もかかった】んだ。

しかも、一〇〇〇年前に見つけて、このためだけに、それはそれは地道に入念に準備をしていたのにだよ。ありえないよね。

だいたい、ボクが封印されていたのだって、一番の不確定要素であるボクの運命を出来るだけ固定するためだ。

彼がボクの封印の近くで生まれ、彼がダンジョンに興味を持つようになって、彼がここまで来るようにするのにどれだけ苦労したことか。

苦労っていうこと自体、初めて知ったくらい苦労した。

さすがに、一〇〇〇年は長かったけど、そんな準備をしているうちに、あっという間に過ぎてしまった気もする。なんだか、キミの運命を覗いているのがだんだん楽しみになってきたからね。

それにしても、まずはエイヤに気に入られてよかった、本当によかった。

特に、ボクの見た目なんて、みんなからずっと恐れ多いとか言葉にも出来ないとか言われてて、どう思われるか本当にハラハラしたよ。

それに最初はテンパっておかしなことを口走ってた気もするし、申し訳ないけど真っ暗にしておいてよかった。自分でもどうなることかと思うぐらいヤバかった気もする。

ありがたいことにエイヤはボクのことを気に入ったのか、すごく褒めてくれたけど、よく男の人は第一印象っていうし、そこは本当にどうなるかわからないから、そうなったら、ボクにはどうしたらいいかわからない。

だって彼に嫌われたら最後、ボクには孤独しか残らない。

準備していた時間は無駄だと思わないけど、それでも、一〇〇〇年使って見てもらえなかったって思うと、さすがに怖い。

思い通りに行かないって、こんな不安になるんだね。

なのにエイヤはどうだ。

ボクの言うことなんて聞く必要もないのに、わざわざボクのことまで気遣ってくれる上に、ボクが自分でわからないところまで掘り起こしてくれる。

一緒にいるだけで、なんだか違う自分になったみたいだ。あまりのことに震えさえする。

ますますキミに興味が出てきたよ。

# ０１０：宴会

ミルトアーデンの街までは二日ほどだ。

考え直してみりゃ、こんだけ街の近くにあんな一〇層クラスの大型未踏破ダンジョンがあったってのもおかしな話だが、偶然見つからないような感じのいろんな理由があったんだろう。

主にヴィーデのせいで、俺が来るまで見つけらんないような運命になってたんだと思うんだけども。

「ほう、これが街か、街なんだな！　やはり、実際に見るのは雰囲気があって素敵だね！」

で、当のお嬢様ときたら、街に着くなりこのひとことだ。どんだけ箱入り娘だったんだか。

一〇〇〇年も引きこもってたんで、そりゃ筋金入りだって気もするが。

「ま、これから毎日のように見ることになるんで思う存分見てくださいよ。人間どもはだいたいこんな感じでよくも悪くもなく日々を過ごしてるからな」

ミルトアーデンの街はこのへんで言えば大きいほうに入ると思う。

とは言っても、俺も辺境育ちで中央のバカでかい都市とかよく知らないから、立派な城がある城壁都市のこの街が中規模、とかいう流れの商人連中の言葉はよくわからん。

村やそのへんの勝手に出来た町じゃなきゃ、だいたいデカイでいいんじゃないのか。

「ボクは長く生きてるし、それなりに物事は知ってるとは思うけども、外はほとんど見てないんだ。案外、知ってるからいいやと思っていたが、体験するといろいろ違うんだなあ」

ヴィーデは、さっきからずっとほくほく顔である。

「そりゃそーですよ、見るとやるとじゃ大違いだもんよ」

世の中なんて、いずれ慣れちまうもんで。新鮮なのもいいが新鮮じゃないのが悪いわけでもないってのが面白いところですけどな。

それはそうと、こいつ街に入っただけでも目立って仕方がない。

おかげで街の門番が、どこぞの貴族令嬢のお忍びと勘違いしてひれ伏してたからな。

とりあえずマントを頭から被らせてるせいで、余計にそれっぽい。

まあ世間離れした風貌と態度だし、世の中にこんな生物がいていいのかって感じだ。

あと、さすがに一応、頭の角は消すまじないをかけてもらった。この程度は魔法ですらないらしい……魔法すげえな。

その気になれば、運命とやらでどうにでもなるものらしいが、ヴィーデは見たまんま魔族なんで、この辺境で帝国関係者だって思われるのもあんまよくない。

なんにしても、服も早いうちになんとかしないといけない。

「あー、それでヴィーデお嬢様。なにをどうしても死ぬほど目立つっぽいんで、ちょっと目立たない服を考えたいんだが、いいかい？」

「うん、いいぞ。なんでもやってくれ。だいたいボクはキミの使い魔だぞ、マスターの言うことに従うのは当然だろう。そう、世界の摂理というやつだよ」

なんでそういうことを、なにか期待するような目で言うかな。

ああもう、天然で誘うのやめて欲しい。

「いや、そのマスターっていうのも、そろそろやめよう。少なくとも仲間は上下関係じゃないし」

「そうか？　エイヤはボクをモノにしてるんだから、好き放題言ってくれていいんだぞ、なんだって思いのままだぞ、やりたい放題したい放題だぞ？」

そういう、他人が聞いたら誤解を招きそうな表現は勘弁してください。

なにより、俺が悶えるので。

「あー、前にも言ったが、むしろ街ではヴィーデがお嬢様で俺がそれに仕える従者って感じのが合ってるんだ。だからそれっぽい服にするってわけ」

今の格好だと、さすがにどれもこれも正装レベルの上物すぎるし年代物すぎてな……生地だって最近の織り方かどうかすら怪しい。

「ふむ、それならいっそ、今の服を路銀の足しにしてしまえばどうかな？　一〇〇〇年前の古いものだが、宝石やアクセサリーも上物だと思うよ？」

「あー、その手があるか。まあたしかにここから中央に向かうってこと考えると、さすがに俺の金も心もとないからな……でも大丈夫なのか？　それって大事なものじゃないのか？」

今回、準備でいろいろお金使いましたからね……。

「まあ、これだけ持ってればいいよ。帝国の皇帝石だからね」

「なるほど皇帝石、って……はあああ!?　マジで！！？」

ちょっと待て、最初からさらっと胸元にぶら下げてくれてますけどね？

皇帝の石って言ったら、失われた伝説の帝国皇帝位継承アイテムじゃねえか!!

そんな伝説級のお宝、一般人がお目にかかれるものじゃねえぞ……知らずに鑑定させたらいろいろヤバイところだった。

「うん、別れのときにくれたものだからね。これだけは大事に持っておきたいんだ」

「伝説ってこんな簡単に転がってていいものなのか……」

うーわー。

なんかえらいことに巻き込まれている気がする。

うん、ブツは選んで売ろう……変に足がつきかねない。

「……なにか問題でも？」

「いやまあ、うん。ちょっと自分の常識が崩れそうなだけだ。大丈夫」

そりゃあ、古代帝国で特別待遇されてればそうもなるよな、うん。

とりあえず深呼吸。

すーはー。

「……よし、じゃあ俺がダンジョンで拾ってきたってことにして、装飾類は一部売る。服は必要なことがあるかもだから残す。着替えて宴会する。オーケー？」

「ボクは問題ないぞ、好きにしてくれればいい」

「よし決まりだ」

そうとなったら、さっそく行動するに限る。

適当に見つくろってから、いつもの店だ。

＊＊＊

「おかしくないかな、大丈夫か？」

「似合ってる似合ってる」

おどおどしながらすごく格好を気にしているが、すごく似合っている。

っていうかこれ、店員がだいぶ着せ替えで遊んでたっぽいしな。

どれ着せても似合うし喜ぶし嬉しそうだから、店員のほうも楽しくてしょうがなかったんだろうなあ。やれやれ、お忍びだから目一杯地味にしてくれって言ったのに。

とりあえずはフード被せとけば何とかなるだろう、たぶん。

まあでも、本人も気に入ってるならそれはそれで。どうせ貴族って設定だしな。

これくらいは運命ってやつに甘えてもいいんじゃないかな。

「そうか……ならいいんだけど。そっちはどうだった？」

「おう、上々だったぜ」

服を選んでいる間に、こっちはブツを換金してきた。

多少急いだんで足元見られてる気もしなくはなかったが、向こうは向こうでブツを逃したくなかったみたいで、それなりにいい感じの額に落ち着いた。

っていうか、さすがは古代帝国の遺産って感じだったし、ヴィーデが持ってるのは当時のままなんだから状態も最高なんで、当然といえば当然なんだけど。

なんにしても、これで当分困ることもない。

服も金も揃ったとなれば、宴会だ。

こういうときは、少し裏通りだが馴染みの店に限る。

まあ俺みたいなやつが表通りの店で騒ぐわけにもいかないし、お忍びっていうフリなんだから、いろいろと融通が利く店のがいいに決まってる。

だいたい、フードしたまま飯を食うってことになるしな。

そんな感じで、いかにも宴会って感じの品を注文して、テーブルにいろいろ並べる。

まず前菜のおつまみ、肉で出汁《だし》を取ったスープ、そしてメインディッシュ。

料理の皿が並ぶだけでも宴会って感じですよ……ささやかだけどな！

「おお、エイヤ。この食事はなかなかすばらしいね！」

「おう、宴会だからな！　どんどん食べていいぞ！」

骨付き肉《スペアリブ》を手づかみでガブガブと行く、いい食べっぷりだ。

庶民の味でうまいものを集めたほうが、ヴィーデは喜ぶに決まってる。そもそも、下手すれば、お貴族様の食事以外知らない可能性すらあるんだし。

ってことは変に良いもの食わせたら、こいつにとっては日常食の可能性まであるからな。

こういう「いかにも肉！」って感じの、うまくてお値段そこそこでボリュームがあって、でも宴会とか祝い事でないとさすがに頼みにくいってやつがいいんだ。

「宴会ってすごいんだね！　こんなものを食べれるってだけでも価値があるよ！」

「喜んでくれてなによりだな……連れてきたかいがあるってもんですよ」

「うん、すごい。キミ風に言うならマジヤバイっていうやつだね。トロみのある少し甘しょっぱいソースなんだけど、変にしつこくないし、なによりダイレクトに肉を食べているっていう感じがするのがいい、すごくいい、うまうま」

骨にかぶりついて豪快に肉を頬張るお嬢様は、大変に嬉しそうでご満悦である。

そうかそうか、たーんとお食べ。

店の隅っこで絶世の美少女が嬉しそうにごちそう食ってるんで、そこそこ目立ってる気はするけど、こんだけ喜んでるならまあいいよな。見てるこっちも嬉しくなる。

……などと思ってたら、声をかけられた。

「あら、アンタがつるんでるってのも珍しいわね？」

盗賊《スカウト》ギルドの副長、ユアンナだ。

狐の獣人だけあって目端は利くんだが、ちょっと計算高い割に天然で、すこしめんどくさいタイプでもある。

こういう時にはすかさず声をかけてくるあたりからも優秀だし、気も回るし、悪いやつでもないんだがなあ。

「誰かと思えば副長じゃないすか。まあ、個人的な件でね、たまたまだよ」

ホントたまたまだからな。

運命ってのも、こういう時には便利な言い回しかもしれない。

「へーえ。なんでもいいけど、アンタが肉パーティが出来るだけの余裕があるなら、それなりの成果はあったってわけ？」

「骨折り損のくたびれ儲けってやつで、残念会だけどな」

目ざとい。

たしかに、なにもないならこんなことするタイプでもないからな、俺。

でも、事情をまともに話すのもなんだし、どうするかな……。

「……む、エイヤ、この人は？」

「狐獣人でギルドの副長。おせっかい焼きで美人を鼻にかけている。いけ好かない女」

「そうか、エイヤが世話になっているんだな。よろしくな、イケスカナ＝イオンナ」

「それ、私の名前じゃないんだからね!?」

あ、怒った。

面白いからもう少し流しておこう。

# 011：ヴィーデさんモフられる

「おや、イケスカナではないのかい？」

「あたりまえでしょう！」

「イオンナでもない？」

「違うわよ！　ああもう……私はユアンナ、こう見えても盗賊《スカウト》ギルドの副長よ。まったく、なんでこんなところで名乗りなんかさせられて……アンタのせいだからね？」

　ユアンナは頭を抱えながら話を振ってきた。

　どうも俺に話を持ってきたいらしいが、ウチのお嬢様は無邪気で世界最強の引きこもりだからなあ。マイペース具合で勝てると思うなよ。

「ふむ、そうかそうか。ボクはヴィーデだ……ああ、名乗りが出来るってすごくいいなあ」

「……？」

　ヴィーデのやつ、ほんとに名前が嬉しいんだな。

　名乗るのが初体験で、どきどきして仕方ないって顔してやがる。

「ああ、すまない、こっちの話だ。よろしくユアンナ。お、なかなかに面白い運命をしているね、これはもしかすると縁があるかもしれないなあ」

「なにこの子、占い師？　そういうのは間に合ってるわよ……って、んー？」

ユアンナはそう言ってはぐらかそうとしたが、そこでフードの中のヴィーデの素顔に気づいたらしい。

かなりじっくり見られた。

これはまずいことになったりしないか、大丈夫か？

「きゃー！　この子かわいいー!?　なにこれ天使？　まさか天使？　ひょっとしなくても天使？　こんな生き物本当にいていいの？　うわヤバ、見た目だけじゃなく手触りまで尊い、死ぬ、死んじゃう。ねえ、抱いていいモフっていい？　せめて撫でていい？」

「ちょ……んぅ!?　エイヤ、なんだこれ！　ボクどういう反応をすればいいの!?」

「もふーん!!」

どたばたどたばた。

許可取る前に全部やってるじゃねえかオマエ。

別の意味でまずいというか、見るからにダメな反応だった。

まさかこうなるとは思ってなかったが、ユアンナがどう見ても人間をやめているっぽい。

完全にとろけている。

もし、ヴィーデが死ねって言ったら、鼻血噴いて尊みのあまり倒れて死にそうな雰囲気まである。むしろ本望な気さえする。

とりあえず、いい意味でおかしい方向に行ってるから悪いようにはしないだろう。

変に勘ぐられて、痛くもない腹の探り合いをさせられるよりはいい。

ぶっちゃけヴィーデの素性はめんどくさいので、ギルドに報告とかしたくないし。

「あー、ユアンナさんや。彼女そういう可愛がられるのに慣れてないから、そのへんで勘弁してやって、眺めるだけにしてくれ」

「ちぇー、眼福眼福」

悔しがるかほっこりするかどっちかにしろ。

「ああ助かった……モフるってこういうことを言うんだね、覚えておこう」

「普通は、初対面でいきなりやらないけどな……」

ぶっ壊れた狐獣人恐るべし。

というか、一瞬でここまで人をダメにするヴィーデも恐ろしいけども。ユアンナのこんな姿も初めて見た。いつもは優秀なクセに天然系のセクシーお姉さんだもんな。

まあ、俺もヴィーデの外見にやられたクチなので、人のことはあまり言えない気もする。

「いい？　可愛いものを愛でるというのは、自然の摂理であり世界の法則だわ。だからヴィーデちゃんを愛さないというのは、つまり、人として風上に置けないっていうことよ」

なんか、もっともらしく真面目な顔で言ってますけどね。そのモフり具合のほうが人としてよほど風上に置けないです、ユアンナさん。

「ほう、ボクは可愛いのでモフられるのが正しいのか」

ヴィーデもそこ真に受けない。

「あー、ヴィーデが美女でも美少女でもあり、可愛いのはその通りだと思うが、初対面でいきなり抱きついた挙句、その正当性をうそぶく女なんか信用するもんじゃないぞ」

「可愛い子は世界の共有財産として愛でて崇めて拝むものでしょう？　だいたいどこでこんなとんでもない子を引っ掛けてきたのよ、そういう性格でもないでしょうアンタ」

ヴィーデにずぎゃーんと抱きついたまま、すごい勢いで突っ込まれた。

むしろ引っ掛けられたのは俺なんだが。二六年かけて。

ユアンナはとにかく気安い。

だから、こうやってずけずけ踏み込んでくるのがすごく上手い、しかも見た目が良くて天然で悪気がこれっぽっちもないから、するっと入り込んでくる。

たぶん、こっちが露骨に嫌がったらまた違う態度をとるんだろう。

きっとこうやって、いろんな奴から情報引き出すんだろう……怖いなあ。

「まー、なりゆきだよなりゆき。偶然オブ偶然。それ以外に俺がこんなお嬢様と関わり合いになるとかないし。だいたい表通りの店に行ってない時点で察しろ」

「へーぇ、じゃあなりゆきなら私も交ざっていいってわけかしら？　ほら、こうやって出会ったのもなにかの縁でしょう？」

うーわ、面白い話があるなら交ぜろって言ってきやがった。

だからこいつはめんどくせえってのに。あーもー、変に顔寄せるなっての。

「いやまあ、縁かもしれないけどな。こっちにもちょっといろいろめんどくさい事情ってやつがあるんですよ。だから察しろ言っただろ」

「えー、もったいない。せめてもう一人くらい人手があったほうがいいんじゃない？　特に男以外の必要がある場合だってあるでしょう？」

世間話みたいに軽いくせに、こいつは本当に目ざとい。

こっちに、なにかしら事情がある、逃避行やお忍びじみた事情があるってわかった上で、女の自分がいたほうが便利だろうし絡ませろって言ってきているのだ。

だからって、こっちも帝国まで行くってことになるわけで、これから魔族連中まで絡むってわかってんのに、さすがにおいそれと副長連れ出すなんてＯＫが出来るものでもない。

「うーん……そうは言ってもな」

「ま、それはそれとして、頼みたいってこともあってね。ほら、最近はなんか個人的なことにかかりっきりだったでしょう」

「頼みたいこと？」

それはそれとして、ヴィーデはすっかりおもちゃにされてるなあ。

無駄な抵抗だと観念したのか、ユアンナの抱きまくら状態になっている。

まあ本人が嫌がらないならいいか……。

「そう、頼みごと。ちょーっと、出来ればあなたの腕で調べてきてほしいのよね」

「あー、今は面倒なことなら全部キャンセルだぞ。人連れてるんだし、危なっかしくてしょうがない」

「そうなの？　せっかく簡単な仕事で実入りがいいものなのに」

そう言って楽だったためしないだろ、テメエ。

まったくギリッギリのいい感じのところ放り込んできやがるからな。

「お前さんの話はいっつもヤバイからなあ」

「でも、ヴィーデちゃんのためにもお金が必要なんじゃないの？　アンタのポケットマネーで足りてるならいいんだけど？」

まったく目ざといなこの狐め。たしかに今はいくら金があってもいい、むしろ欲しい。

くっそ、いかにも恩を売りますって感じの表情しやがって。

「ったく仕方ねえな、もう少しだけ教えろよ」

「アンタの得意な遺跡モノよ。未探索の洞窟遺跡が見つかったんで、地図作るだけだわ」

手付かずの遺跡なんて、なにがあるかわかんねえしガチでトラブル満載じゃねえか。

普通はパーティ組んで地道に調べるもんだぞ。

まあ、だから俺みたいなのが成り立ってるんだけど。

「で、エキスパートの俺にってわけ？　所詮、一人じゃ持っていける宝もたかが知れてるってわけですか。わかんなくもねえけどな」

普段の俺なら別に断る仕事でもない。だいたい一人でどこにでも飛んでいくし、よく目端が利くってことでの黒鷺って名前だ。

だが、今はヴィーデの手前、どうすっかなあ。

「とりあえず、明日の朝までに答え出しとく、それでいいか？」

「ＯＫ。それじゃ邪魔したわ……ヴィーデちゃん、またモフらせてね？」

「また!?」

いまだ困惑中のヴィーデをよそに、ユアンナはそのまま颯爽と去っていこうとした。

ってところに、ヴィーデの天然が入った。

「……ユアンナさんとエイヤ、仲いいんだねえ」

「「そうじゃないから!?」」

ユアンナとハモった。

# 012：今後の方針

まあ、おかげで嵐のような宴会になった気もするが。

それでも、ユアンナと接触したってなると、ギルドが把握したって意味になる。

副長だけが把握してればいい話なので、同業者連中にヴィーデの変な噂を立てられても困るって意味ではありがたいし、もしかすると気を使ってくれたのかもしれない。

もっとも、単なる天然とか趣味かもしれないんで、詳しいところは不明だ。

そんな彼女が去ったあとを、ヴィーデが割と真剣な面持ちで眺めていた。

「ん、どうした？　なんか気になることでも？」

「その、エイヤ次第ではあるんだけどね。ボクにはまだ判断がつかないんだ……」

「どういうことだ？」

ちょっと待て。

いきなり寂しそうに言うことじゃねえですよ？

「ユアンナさんすごくいい人だと思うんだけど、放っておくと一週間後ぐらいにね」

アイツがいい人かどうかはすごく疑問の残るとこだが、それはさておき。

「一週間後ぐらいに？」

「……尋問された挙句、監禁されて死んじゃうんだ」

ごふっ!?

「……おいおい、シャレになってねえですよ!?」

思わずむせたじゃねえか。

尋問とかってことは、俺らが誰かに追っかけ回されるなり、ユアンナがなんかするって話になる。

最近、ギルドで特に大掛かりなこともやってない以上、たぶん俺のせいだ。

そうか。ヴィーデがちょっとでも動くってことは、どっかに影響が出るなり魔族とかに観測されるってことなんだろうか？

すげえな……ここ、帝国なんて直接関係ない西の辺境だぞ。

それが一週間もすれば、特にめぼしい手がかりもないのに、ピンポイントでどっかの連中が送り込まれてくるってことか？

もしそうなら、魔族とか帝国ってやつは恐ろしいぞ。

「まあ半分は勘違いで行き違いなんだけどね、結構ヤバイかなって」

うーわー。それヤバイとかどうとかってレベルじゃない。

マジなやつだ。

「うん。ユアンナさんって、ボクのこと聞かれても、喋らないで通しちゃうんだよね。こうやってちょっと会っただけなのに。たとえば、ボクたちが追われてるとしたら、そういうの隠しちゃうんじゃないかな?」

たしかに、あいつなら秘密は墓まで持っていくと思う。

その必要があれば。

ああそうか、そういうことか。

「要するに、ヴィーデみたいになんか事情ありそうな奴がいれば、自分の命より簡単に優先しちまうってことか」

「うん。ボクの見立てでは、そこから先の運命は自力で紡げない」

ユアンナが普通のやつならともかく、あいつは気が利く。ワケありなんてことはとっくに気づいてるだろうしな。

俺もそうだが、この稼業やってる連中なんてのは、生き汚ない反面、覚悟を決めるとコロッと死ぬところがある。

この稼業で生き延びるやつは、だいたい二種類。

なんでもかんでも生き汚なく自分の命優先で自分中心ってやつか、もしくは軽い自分の命なんてヤツよりも大事な仁義中心か、どっちかだ。

ユアンナは後者だと思う。

俺でさえ、自分なんかでいいならって他人を優先したぐらいだしな。

世の中には、俺より幸せになっていいヤツなんてたくさんいるだろって思っちまう。

くそッ。俺も、勝手気ままで自分中心、周りなんかどうでもいいタイプだと思ってたんだけどなあ。

もちろん、自分のことも諦める気はこれっぽっちもない。

そんでも、こんなクソみたいな俺よりマシであるべきヤツってのは大勢いるわけで。

だってそうだろ。ユアンナみたいないい女は、俺みたいなクソよりマシであるべきだろ。

なんていうのは、俺が欲張りなだけなのか？

でも俺はやっぱり自分勝手なので、どっちも捨てたくない。

「ってことは、ヴィーデさんや。わざわざそれを話す以上、回避手段があるんだろう？」

「うん、エイヤさえ良ければ、ユアンナさんの話を受けるべきだよ」

これ、さっきの場で言わなかったたってことは、なんか理由あるな。

「すると、どうなるんだ？」

「ユアンナさんの運命をエイヤが握ることになるね」

おいおい。

「握るってどういう意味だ？　別に結婚するとか恋愛するとかって意味じゃないよな？」

「前に言ったと思うけど、エイヤの運命はボクを巻き込むぐらいの強いものだ。ユアンナさんの運命をエイヤの流れに浮かべることになる」

「つまり？」

「エイヤに関わってるうちは安全ってこと」

キッパリ言い切った。

他人の人生の面倒とか、すげえ厄介なんだけど。だからって背に腹は替えられねえしなあ。

ってところで気づいた。

「ああそうか。ヴィーデ、お前さん本当にすげえやつだな。俺が見捨てないってわかっててその話振ったな？　しかも、さっきの時点でいきなり話を請けるんじゃ、なんか問題があったんだろ？」

こいつ、最初っからユアンナを助けたいんだな。

でなけりゃ、そもそも俺にこんな情報を振ってくる意味がない。

だけど、ヴィーデにしてみりゃ、人の生き死にですら善悪を測れないってやつだ。

そりゃそうだ。俺だってそのへんに這い回ってる虫やネズミの生死なんか気にしない。

そのへんの野犬に肉をくれてやるのがいいことなのかどうかなんて、答えは出ない。

襲われたら、身を護るために敵を殺したりする世の中だ。

人外の超絶魔物で、運命なんてのが手軽に変わっちまうコイツには、人間の生き死にどころか、歴史ってモノさえ軽いのかもしれない。

だから、おそらく宴会の前から全部知ってたくせに、それを今の今までスルーして相談してきたってわけだ。

俺が納得したのを見て、すげえいい笑顔しやがって。

ずるい。

俺がこいつをモフったら単なる変態になることも含めて、ずるいずるすぎ。

ああもう、そんな顔されたら可愛すぎてひたすらモフりたいのを、心の中で悶えて我慢するしか出来ねえじゃんか。つらい。

「うん。そういうとこ、やっぱりエイヤはすごいなって思う。さっきの時点だと、まだ縁が薄くて、OKしても別れちゃう。だから話を出せなかった」

「つまり、なにげないことが、それはもう先の先まで影響出るってやつだろ。はー、運命ってめんどくせえなあ」

ちょっとした会話がキッカケでそこまで転がることってのがあるんだな。

でも、裏を返せば、ヴィーデはそういうのを全部把握してるってことだ。

趣味も嗜好も、それどころか好き嫌いもまともに主張出来ないまま、自分の判断がわからないままに、他人に影響を及ぼすことしか出来なくて。

だけど【人間になりたい】って、ヴィーデはそう言った。

おそらく、コイツは自分で心底そうしたいと思ったら、世界が、運命がその通りになっちまう。

でも、それじゃ人間らしくない、人間として生きるなら、他人の運命を軽々しくいじったりするべきじゃない。

今の彼女はそう思ってるってことになる。

だから、運命なんていつでも都合よく動かせるクセに【それでも俺に頼った】んだ。

【人間の流儀】でどうにかしたいって願ってる。

なら、俺に断る理由なんて無い。

「めんどくせえから、なにやればいいかくらいは教えろよ。必要なことだけでいい、どうせ教えたら変わっちまう要素とかもあるだろうし、現場ぐらいはなんとかするさ」

乗りかかった船だからな。どうせ俺が決めたことだし。

なにより、ぐちゃぐちゃになった俺の二六年は、コイツの一〇〇〇年で取り返さねえと気がすまない。

「いいのかい？　始めたらもう、後戻り出来ないのはわかってるんだろう？」

後戻りする気ないんだろうって顔で聞きやがって。

嬉しさが隠しきれてないじゃないか。可愛いなあ、もう。

「どうせそのつもりだったんだろうし、俺にそうしてほしかったんだろ。だから一つだけ約束しろ。言いたいことは言え、そしたら俺が運命の、ヴィーデの手足になってやる」

どうせ運命を切り開くのは俺だからな。

俺が決めたんだからそれでいいってやつだ。

――でないとお前、泣くだろ。

まだ泣き方すらろくにわからないから、まともに涙も流せないくせに。

そんな、一〇〇〇年やせ我慢した女の子のために、二六年分くらい賭けてみたっていいじゃねえか。

それで運良く二六年分返ってくれれば、万々歳だ。

……ああクソ、どうしてこう、見栄張ってカッコつけちまうんだろうなあ。

「わかった。エイヤには言えるだけのことは言うよ。そうか、もっと言っていいんだね。ボクは、その……好きなことを言っていいだなんて、知らなかったんだ」

ああもう、どうしようもない感じの顔で、震えるような嬉しみを込めて言いやがって。

その程度のこと、そんな喜ぶとこじゃねえだろ。

いままでどんだけストイックだったんだって話だよ。

って……俺のバカ野郎、そうじゃねえ、そういう話じゃねえだろ。

誰だって、自分の気分で他人の生死が決まるとか、すぐに世界が左右されるなんてわかってたら、言葉や望みなんて好きに言えないに決まってるじゃねえか。

こいつはそれが染み付いてるってだけだ。

だけどな。

そんなの、好きにやっていいだろ。

思ったことくらいやっていいに決まってる。そういう権利ぐらいあるってもんだろ？

人間なんてそんなもんですよ、そのへんの誰だってやってることですよ。

「おう、言っていいんだ。好き勝手言って、なんでも言いまくって、それでもどうにもならないようなら、俺がどうにかすればいい。そういうヤツだ」

そういうことは無責任に言っていいんだ、クソみたいな愚痴とか振りまいていい。

出来ないことを憶測で好き勝手なこと言ったって、許されるべきじゃねえか。

もっと他愛ないこと言って、くだらないこと言って、自由で楽にしていいじゃねえか。

でも、ヴィーデの言い方からするに、俺がいるから、やっとそういうことも口に出来るってことになるわけで。

なぜって、ヴィーデが俺に巻き込まれる側だからだ。

俺の使い魔になった今なら、俺が許可しない限りは、ヴィーデの勝手だけで運命がコロコロ変わらないからだ。

一〇〇〇年も待って、やっと出来たのがそれだけっていう。

くっそ、切なすぎて可愛がりたいぞ、頭撫で回したいぞこんちくしょう。失礼すぎてそんなこと出来ないけど！

だからって、そんな事情知っちまったら、せめて、出来ることくらいはしてやりたいってのは、人なら当然だろ？

すっかり保護者みたいになってきたが、まあ、うん。

少しくらいは、保護してやってもいいんじゃねえかな？　まだ歩き方もわかんねえんだし。

それに、俺の運命は、後味の悪いようには選んでない。

「ありがとう……本当にキミでよかった」

「気にすんな。やれることしかやんねえし、そうとわかってれば出来ることってのは案外多いってだけだから。あとは、実際になってから考えればいい」

そんな大したヤツじゃねえんだよ、俺は。自分勝手でいい加減でテキトーだ。

ただ単に、やりたくねえことまでやりたくないってだけだ。

だから、自分が嫌なことはやらねえって、それだけのことだよ。

# 013：そのころ、帝国の星見台にて

その夜、帝国の星見長である、ラーユル＝ディートエルトは自らの目を疑った。

「星が……回った？」

星見、それも帝国の誇る聖帝星見所の長ともなれば、いわば帝国の未来を予見する、最重要な予見のお仕事。

具体的には、最重要ではないんだけど最重要っぽく見せかけることで、結果的に最重要な仕事のひとつである。

作物の出来とか今後の方針とか、そのへんの政策に結構影響を与えちゃったりする。

ある意味、大きく間違えれば一発で首が飛びかねない、それくらいに大事な責務。

もちろん、そんな大層な責任なんて、誰だって負いたくないし負わされたくない。

そのあたり、可能な限りはぐらかしたりしつつ、星見の天才とか才媛としてちやほやされながら、人生のんびりゆっくり過ごしたかっただけなんですよ。

大帝国《いいとこ》のお偉いさんになって、でも激務とかじゃなくて、適当に書類にサイン書いたりしながら、いい感じの旦那さん見つけてですね、それでもって老後の心配なく悠々自適に過ごすとか理想じゃないですか。

おいしいご飯が好きなだけの、かよわい魔族の乙女なんだから、老後はめっちゃ心配なんですよ。長命種《エルダー》の寿命なめんな。

だというのに。

夜空が示す「星の輝き」が、大きく回ったのだ。

すっげー回りやがりましたよ、ものごっつ回ってくれやがりましたよ、あの野郎。

帝国が大きく変わる、と。

「やっべー、めんどくせー」

これでは、せっかく根回ししまくって星見のトップになったというのに、安心して夜も眠れない。

いやまあ星見だから、どう考えても昼夜逆転で夜更かし安定なんだけども。

ぶっちゃけ、報告次第で誰が死ぬとか死なないとかどうでもいいんだけど、私のせいにされるのは勘弁。

正直、閣僚連中《あたまでっかち》や将軍《のうみそきんにく》どもが戦争しようが粛清しようが、なにしてくれても知ったことじゃない。

でも、責任までこっちにおしつけてくるとなると、ウザい以外の何物でもない。

せっかく、責任回避と星見の手抜きをうまく織り交ぜつつ、たまーに運よく先を読む感じに見せかけて、ここまでうまくやってきたのに、だ。

ええ、世の中出来るだけ穏便にあたりさわりなく、なんとか職務に励んでるようで励まないようにしつつ、ちょっとだけ励んできたのがだいなしになるのは困るんですよ。

でもこれ、かなりヤバイやつだし。

アレですよ。

困ったことに、なんか特大の鉄球を投げつけて、帝国っていうでかい組織をめちゃくちゃにするようなやつならまだわかるんだけど、そういうのじゃない。

もしそれなら「全力で頑張ってね、あとよろしく」って、丸投げすればいい。

力で解決するなら帝国は絶対強力に違いないし、誰かが望んで殴り合ってる以上は、私にはどうしようもない、勝手にやってくれればいい。

だけど今回のは、いわゆる連鎖反応ってやつですよ。

最初の小さい仕掛けを動かすと、二つ三つと倒れていき、いろんなところを登ったり落ちたり回ったりしながら、最後に思いもよらないところまでパタパタと行き着くやつ。

横から見てるぶんにはいいかもしれないけど、当事者からすると、終わったあとは大量の仕掛けが散乱してぐちゃぐちゃになるってやつなんだけども。

【よくわかんないけど、なんかちょっとしたきっかけで、帝国にいろいろあるかもしれないっすよー】

とか、さすがに報告で言えない。

絶対に余計なこと言われたり、仕事増やされたり、変にイザコザするとかになる。報告の仕方によっては最悪、首が飛ぶ。

「あーもー、なんで私のときにこういうの起こるかなー」

正直、いままで真面目にしてきた覚えもないので、バチが当たったのかもしれないが。

なのに、嫌でもヤバイのはわかってしまう。こういうときには自分の才能が恨めしい。

普通はなんかのおまけの兆しくらいにしか思わないだろうけど、自分みたいにうっかり一二星先まで読めてしまうとそうもいかない。普段はテキトーにサバ読んで報告も七つ先ぐらいまでに抑えてるけど。

そのへんの、せいぜい二つ三つ先しか読めない凡俗星見連中とは違うのだ。

うーんうーん、必死に考える。

……よし。

「諦めるかぁ」

とりあえず、キレイさっぱり頭を切りかえる。

なってしまったものはどうしようもない。私がどうこう出来ることじゃないし。

そもそも私、しがない占い師ですよ、いくら有能だろうと自分でなんか動かすわけじゃないんで。

こういう星の動き方ってだいたい、物語とかの冒頭で予言者が「なんかマジ激ヤバ超絶悶絶案件」とか言い出したりすんだけど、暴君に進言して首はねられたりとか、言うこと聞いてもらえないまま幽閉される悲劇ポジションですよ？

せいぜい、なんかあってもいいから関係ないところでやってくれるといいなあってくらいが関の山だと思うんです。

魔族は血の気の多い連中もたくさんいるので、穏便にってのはたぶん無理だと思うけど。

でも、これくらいの内容になってくると、さすがになにもしないわけにもいかないし。

ほっとくと、最悪で職場がなくなるかもしれない上に、下手すれば自分みたいなのは速攻切られるに決まっている。

だいたい、今までそれほど貢献度が高いわけでもない。

普通のコトを普通にこなして、ちょっとだけおまけ情報を付けて、そのぶんだけ楽をするのがいいのだ。がんばらないのがモットーなので。

テイクイットイージー。あわてなーいあわてなーい。

とはいえ、占いで悪い結果が出て嬉しい人なんかいない。いるわけがない。

まず私が嫌だ。

世の中にはハンザのギギみたいに、容赦なくズバズバ言ってしまう人もいるみたいだが、私には性に合わない。

恋人は見つかりませんとか、そういうのハッキリ言われたらツライ、っていうか世をはかなんで死ぬ。死んじゃう。

そもそも、ある日突然「今日からあなた不幸になります」とか言われたら、多くの人は運命を呪うに決まっている。八つ当たり対象はさしあたって、それ言ったやつだ。

……つまり私。

星が勝手に示しただけなのに、私の責任とかいうのはマジ勘弁願いたい。

遠足《ピクニック》の日に雨が降る予兆が出ても、それは私が悪いせいではない。

だいたい星見なんて、ちょっと文章の読解力が高いだけの読者とか評論家みたいなものなのに、作者の責任まで押し付けられても困るみたいなやつでして。

星のささやき読んで報告するだけの単なる個人に、他人が寄ってたかって運営責任押し付けるの良くない。

なので、自衛手段こそ星見の腕の見せ所である。

真実はそのまま伝えると、厳しすぎてみんな拒否反応を起こすのだ。特にこういう激辛案件すぎる場合は。

ノリで砂場の棒倒し遊び始めたら、ついうっかりで行くとこまで行っちゃって、世界樹まで全部倒しちゃいましたみたいな話だもの。

そこで砂場壊せとか言うの難しい。そんなコト言おうモノなら、子供の権利が云々とか言われて、当たるかどうかもわからない予報しか出さないくせに横暴だとか言われるやつ。

どうせ「星見ごときがでしゃばりやがって」とか言われるに決まってる。

やってらんねー、マジやってらんねー。

「よし、まあ適当に言っておけばいいよね！」

そもそも、緊急の懸念だけど危急の事件でもない。

ここは伝えるだけ伝えといて、いかにして向こうに責任をかぶせるかである。

【西方辺境に星の兆し。一般的には吉兆なれど、将来不安の恐れ有り。調査隊を向かわされたし】

さらさらさらと報告書を書き終える。

うむ、これでおっけー。先延ばしばんざい。

調査隊とか送ったところで、なんかわかるわけでもなし。わかったところでどうこう出来るものでもなし。

ついでに言うなら、なんかあってもなくても、私にはあんまり関係ないし。

伝えることは伝えた以上、知ったことではない。

本当はどう見てもレベル五の案件なんだけど、今すぐ大急ぎで持っていって大マジで知らせようものなら、私の進退まで含めて大騒ぎになるに決まっている。

なにをしようとどうせなんか起こるのに、その責任まで負わされるのはやってらんない。

調査隊が向かえば、なんかそれっぽいこと起きたり発見されたりするかもだけど、さすがにそれは現場のほうでやり取りして欲しい。

最低でも星が三つ四つ進むまでは、誰にだってなんだかよくわからないと思うので、それまでは誰がどうなろうと知ったことではない。
だから今は「なんか見つけた」でいいのだ。
さー、そんなことよりごはんごはん。
今日はひき肉のあったか豆スープなのですよー。
適当にチーズのっけて軽く火魔法で炙って、とろーりうまうまするのですわ。
ひゃっはー。

# 014：打ち合わせ

次の朝。

ユアンナを仲間に入れるために、とりあえず手元の運命を回す必要があるってことで、ギルドの外で待ち合わせて彼女から仕事を請けたわけだが。

手続きを終えたユアンナは、ヴィーデをそれはもう好きなだけモフると、それじゃお願いねと去っていった。

やっぱり、嵐のようだった。

「……っ、つかれた」

さすがのヴィーデも参っているようだ。おそらくここまでモフられたことはないんだろう。

普通に考えて、どこぞの御神体みたいなやつを気軽にモフれるようなことが出来るはずもないだろうし、当然といえば当然だが。

まあ大変そうだったが一段落したので、宿に戻った。

とりあえず朝飯を食いながら、情報の再確認をする。

「……で、ヴィーデさんや。俺は結局なにをすればいいんだ？」

「あ、そういえばそうだねえ。さしあたっては辺境貴族とドラゴンの退治かな」

「ぶはっ!?」

思わず、飲んでるものを噴き出しそうになった。

ヤバイやつ、それヤバイやつ！

「待て、俺が請けた依頼って遺跡探索だよな？」

「そうだよ。そのついでによろしくない貴族様の素性を明るみに出したり、ドラゴンを倒したりするだけだよ」

「おいおいおい、ドラゴンって簡単に言ってくれてるけどな。それ、討伐隊が総出で山狩りする感じのやつじゃね？」

さらっと、まるでそのへん散歩するぐらいに軽く言ってくれてますけどね。

普通の人はついでなくてもドラゴンとか退治しないんですよ。

そもそも、貴族もドラゴンも敵に回すとかどっから出てきたんだよ。このへんでそんな話聞いたことねえぞ。

「ああ、大丈夫だよ。よろしくない貴族がよろしくないことをしようとしてるだけだから。そのついでにドラゴンが出てくるので、キミが止める」

素敵にさわやかに、なんかこう近所の年上のお姉さんに諭されるような雰囲気で断言された。

えー、どう考えても、ドラゴンは俺の力じゃ止まらないですヴィーデ先生。

「いやいやいや、それ無理だから。そのへんの中堅モンスターでもヤバイから」

丁重にお断りする。

だって俺、盗賊ですよ？　そんなのと出会ったら逃げる専門ですよ？

ヴィーデと初めて会った時、覚悟さえ決めればドラゴンでもぶん殴れるとか、そんなことを一瞬でも思った俺を締め上げたい。

「ボクが知ってるのは運命の流れと結果だけだ。過程はキミに任す、そういうことでいいんだろう？」

うん、ひたすら信頼されている笑顔がまぶしい。

そんな、にこやかに信頼度の高い目でこっち見られても困る。

そりゃたしかに任せろって言いましたけどね？

ココまで大きくなると話は別じゃないかなって……うん、むしろ別であって欲しい。

「っても、遺跡の探索だったものが、いつの間にか貴族を敵に回した挙句、素敵にドラゴン退治とか聞いてねえし!?」

「気にするな。キミは出来る、結果がそうなっているんだから問題ないはずだよ」

それはもう、すごく当然のように言われた。

いやまあそうかもしれないが、人はちゃんと安全のためのロープがあっても、崖から気軽に飛び降りないんですよ。

特に、一般的にはあまり関わらないほうがいいって思われてることの場合は。

「あー、はいはい。わかったよわかりましたよ、決めた時点でやるしかねえってんだろ。とりあえず、なんか傾向とか対策とかってあるのか聞いてもいいか？」

「ないね」

「ないのかよ!?」

「だってそうだろう。すでに結果が決まっていることに対して、ボクが何の手を打てっていうんだい？」

ヴィーデは、心底不思議そうな顔をしてくる。

あー、そうだった、そうでしたよ。

コイツの脳内には基本的に始めと終わりしかないんだった。

ついでに言うと、それが当たり前すぎて中身が完全に抜け落ちてる。

魔物としては心底すげえんだが、人としては現状に満足して働かないクズってことだ。

しかも、それ以外のことはよく知らないと来てる。

だから、コイツを真人間にしてやるには、俺みたいなやつが過程を教え込んでやるしかないんだよな。

人ってやつは、結果だけで物事をしないんですよ、ええ。

「あー、ヴィーデさんや。人ってやつはな、結果にかかわらず出来る限りのことをするんですよ。そこでサボっちまったら、そりゃ人間をやめるときでな。だから、お前さんは運命がどうとか関係なしに全力を傾ける必要がある、オーケー？」

「ああ！　そういえばそうだった！　エイヤは本当にすごいな。ボクの周りの人はみんな結果が出ればそれで満足なやつばっかりだったから、つい忘れがちになってしまうんだ……」

尊敬半分、反省半分。

嬉しそうに反省をするのも可愛いと言えば可愛い。

……が。

そもそもこれは反省するところじゃない。

「それと、反省するのもいいけどな？　そこは喜ぶべきところだぞ、ヴィーデ。なにせ自分に必要なことがわかったんだ。十分な成果で結果だろ？」

「……えっ？」

そんなこと、考えてもみなかったって顔をされる。

いちいち反応が可愛くて困る。

「喜んでいいって言ってんだよ。ただ反省しても案外得られるものは少ないんだ。必要なのは問題点とその改善であって、それが見つかったってだけで立派な成果で、それはすげえいいことなんだって」

人は申し訳ないって思うと、意外なほどに全部そのまま【申し訳ない】ってジャンルにまとめて放り込むし、同じところにまとめると同じ対応で同じ考え方をする。

肝心の問題点や改善点は放置したまま、どんな課題も関係なく、反省したことで改善した気になっちまう。

同じ原因で同じことをやる。何度でも繰り返しやらかす。

そのたびに毎回反省して、そのうち自分はダメなんだって落ち込んでいっちまう。

別に悪いことでも、申し訳ないことでもないのに、勘違いしたまま自分を責めて自己否定していくのは、そんなの苦しくて当然だ。

挙句の果てに悪い理由は全部【自分がダメだからダメ】になっちまう。そんなわけあるか。

基本的に、誰だって放っておけば癖で同じことをやるに決まってんだ、それのどこが悪いってんだよ。

そんなの、気づいた時に毎回自己チェックして、出来ることから丁寧にケアしていくしかねえだろ。

癖ってのは、無意識についうっかりやるから癖なんだ、気づいただけで立派ですよ。

「なるほど、そういうものなのか……！　ああ、まったく思ってもみなかった。こんなの、感動しすぎておかしくなってしまいそうだぞ……」

半ば潤むぐらいに感動されてしまった。

ホントに、コイツは真面目で人がいいというかなんというか。

「おう、自分の改善点が見つかるなんて、貴重な機会だろ。そういうのは礼だけ言って、活かせる機会で上手くいきゃ運がいいってやつだ」

自分でわかってないことは、いきなり出来ないことだって多いからな。

知らないことがうまくいかないのは、悪いことでもなんでもない。

「そこまでそんなふうに物事を考えられるものなんだ……キミは本当に良いやつなんだな、エイヤ」

む、なんかこう、しみじみとされてしまった。

「……そうでもねえよ」

頼むからそこマジにならないでくれ。

単に、落ち込んだり変な意味で反省されたりしたくなかったし、ヴィーデみたいなのには変に苦労してほしくないだけだ。

なにより、そんな態度をされると、俺のほうがどうしていいかわかんなくなる。

「わかった、ボクも出来るだけのことはやってみたいと思う。ただ、わからないことも多いと思うから、そのときは言ってくれ」

うん、いい顔だ。

そうそう、コイツはこういうほうが似合ってる。

せっかく、こんな超絶すげえ存在が俺ごときに全部預けたいとか言ってくれてるんだ。

そんなヤツの笑顔を、こんなちょっとした考え方のズレで曇らすわけにはいかねえんだよ。

たしかにコイツはとんでもないすげえ魔物で、魔神とかそういうやつかもしれないが、フタを開けてみれば、ただの世間知らずなお嬢様なんだからよ。

「おう、そんときゃ容赦しねえからな、覚悟しろ」

「うむ。ぜひお願いするよ」

とまあ、いい感じに話は一段落したわけだが。

かっこいいこと言った手前、ドラゴンの対処についてはすっかり放置状態で忘れてた。

当たり前の話だけど、ただの遺跡盗掘野郎がドラゴンなんてやつには縁もねえしなあ。

さて、どうしたものかね。

# 015：調べもの

まあ、なにはともあれ、知らないものはまず調べるしかない。

ドラゴンなんていうものは、まず対処の仕方が存在するのかもわかんねえし、なにより、どうでもいい情報まで拾っておいて損はないはずだ。

自分より格上のものは、まず攻略情報からに決まってるしな。

とりあえずヴィーデに聞いてみるのと、ギルドの文献やらなんやら片っ端から調べまくるところからだ。

「ヴィーデさんや。まずドラゴンについて、知ってることをとりあえず教えてもらえると助かるんだが」

「んー、案外気のいい連中だと思うけど怒ると怖いかな。でも人間相手だと、話もまともに聞いてくれないかも」

悲しい答えがさっくり明るく返ってきた。

ヴィーデからはこれ以上の答えはあまり期待出来ないと思う。本人がナチュラル天然すぎるし、もともとドラゴンなんかとも対等だろうからな……。

「気がいいって言っても、人間相手じゃなあ」

人外の強い連中ってこう、割と無意識に人間をコケにしてくるんだよな。

まあ俺がドラゴンだったら、もちろん人間なんてめんどくさいヤツは下に見ると思うからわからなくもないんだが。

だって、俺ら虫とかペットとかに対して無意識に上から目線だからな。たぶんあんなもんなんだろう。

それでも、礼儀わきまえるのは大事なのかね、やっぱ。

逆に、挨拶もそこそこにある程度テキトーなほうが大目に見てくれたりすんのかな。

でも、そのへんはなんとも言えないか、相手次第だし。

一応、話は通じる可能性はある、と。

あとはギルドの文献だが、これは歴史書や報告書とかそういう方面の話になる。

盗賊《スカウト》ギルドってより冒険者ギルドとか傭兵ギルドとか、そっちのほうが深い。

ただ、盗賊ギルドは文字読めねえ連中も多いし、傭兵ギルドはまず契約書以外に文献をあまり残さない。

冒険者ギルドくらいしか、まともな文献はなさそうだ。

まあ冒険者って言えば聞こえはいいがなんでも屋だからな。珍しいものに対する資料はいろいろありそうな気はする。

「さて、じゃあちょっくら調べ物してきますか」

「うむ、ボクは留守番をしていればいいんだね」

「そういうことだ、おとなしくしてろよ？」

ヴィーデは、宿で一人ってことで寂しげかと思いきや、案外けろっとしている。

なにせこの外見の良さだ、下手にどっかのギルドとかでバレると説明するのもいろいろめんどくささそうだから、宿に置いていくことにしたのだが。

……こりゃ完全に留守中に勝手に行動するやつだな。

それはもう、わくわくが止まらないって顔をしている。

とりあえず、自分で危険はないと判断したなら「本当に危険はない」んだろうから放っておこう。

そういう意味では最強の存在だし。

こういうときは運命ってのも便利だな。

そんなわけで、一人で冒険者ギルドに来た。

「ミルトアーデン冒険者ギルドにどんな御用件でしょうか？」

美人というより可愛い系の受付嬢が、気持ちのいい挨拶をしてくれる。

正直羨ましい。

盗賊《スカウト》ギルドなんか、基本的に一見《いちげん》さんをお断りにするのが仕事なので、受付にはいかめしい顔のおっさんしかいない。切ない。

「あー、ちょっといろいろ調べたいことがあってね？　文献とか古文書周りの資料閲覧をお願いしたいんだ」

ギルドカードを出しながら、資料閲覧願いを申請する。

俺は冒険者ってよりかは盗掘、斥候寄りなので、一応登録はしてるものの、冒険者としての活動実績はそんなにない。

別のギルドがメイン活動なのと、いまいち人と合わないことが多いってのが原因なんだが、マイペースでやってるとだいたいそうなりやすい。

俺に言わせれば他人は必要なことをしないように思うし、他人に言わせると、俺は【凝りすぎ】とか【えげつない】らしい。戦闘なんて、安全で効率的で便利で楽ならそれでいいと思うんだけどな。個人的なロマンで周り巻き込んで死にたくねえもん。

なので、依頼でもなければパーティとか入らなくなって久しいし、何事も自分でやるのが性に合ってるようにも思う。

孤独に生きてきたせいか、世間の流れとか空気ってやつとはどうも上手く付き合えない。

だからって、ギルドにも所属してないってなると、世の中さすがに生きるのも難しい。

自分らしくしたいってだけなのに、組織に寄り添わないと生きていけない。

難儀な世の中だ。

「かしこまりました。ではこちらにチェックをお願いします」

こうやって、本を閲覧するのに盗難防止チェックってのも世知辛い世の中だが、仕方ない。稀覯本《レア》とか持っていったり売り飛ばしたりするバカも居るからなあ。

情報ってのは知ってナンボなんだけど、モノを知らないほど情報の必要がないと思うっていう、厄介なもんだからな。

でもまあ、俺みたいな個人《ソロ》冒険者にはありがたい、おかげでこうやって資料を集められる。

「どれどれ……」

さすがにそこそこの街のギルドなんで、ドラゴンぐらい有名な存在になると、それなりに古い資料がある。そのへんを片っ端から読んでいく。

こういうとき、文字を読めるだけでも便利だな。

思えばヴィーデの遺跡だって、誰も読まないような埃のかぶった文献から知ったんだし、情報ってやつはだいたい完璧ではないものの、本当に馬鹿に出来ない。

どこまで正確かはわからんが、とにかくドラゴンの習性やクセ、生態を頭に叩き込む。

ぶっちゃけ、半ば誇張されてんじゃねえかって話もクソ多いんだが、大人数動員しての討伐作戦など、実際の事件で参考になる話も多い。

いい話では、ヴィーデの言った通り、敵対しないことがあるってやつだ。

人間なんかよりずっと強いせいで、一応、話は聞いてくれやすいらしい。そういう情報の裏が取れたってのはでかい。

中には、戦わずしてドラゴンを従えたとかって話まであって、なかなかそういうのはロマンがある。特に、いまの俺みたいなのには、そうあってくれると非常に助かる。

逆に、一番嬉しくない情報は、弱点らしい弱点はないってやつだ。

関係性で最強のヴィーデとは逆に、物理と魔法における直接的に最強って感じの存在らしい。なんだそれ、もはや生物じゃなくないか？

逆鱗とかいう特別な鱗なんかもあるらしいが、別に急所でもなかったらしい。

なんだそれ、どう攻略するんだよ。とか思うんだが。

討伐もほぼ失敗みたいだし、むしろ数件の討伐ってどうやったんだ？　そこ書いとけよ！

でも、たしかに冷静に考えてみれば、火のドラゴンがいたとして、それに見合った強さの氷魔法唱えられるやつとか物理的にいない気もする。

火事の時、バケツ一杯の水があっても、それは有効な弱点って言わねえだろってやつだ。

あたり一面、氷の山に出来れば別なんだろうが、湖とか蒸発させちまうようなドラゴン相手に、そうそうなにか出来そうな気もしない。

隠れても、鼻が利くらしくてどこにいても見つかるらしい……ってどうしようもねえじゃねえかオイ。

物語とかにある、岩陰に隠れてやり過ごしたみたいなのは嘘っぱちかよ!?　夢ねえな！

まあ、そんなんでも、ぼちぼち参考にはなったとは思う……出来れば役に立たないで済むと嬉しいんだが。

とりあえず、これ以上時間かけても、俺が使えそうな効果的な情報はそんな出てこなさそうなので、準備に必要なものを帰りがけに見つくろって、宿に戻った。

「ただいま……って、うぉ!?」

「おかえり、なんかいい情報はあったかい？」

戻ってみれば、満面の笑みのヴィーデと、部屋いっぱいに花が飾られていた。

色とりどりの花が、所狭しに並べられている。

床やベッドには香りのいい花びらがちりばめられている。

え、これ、ヴィーデがやったのか？

こんなの、見たことないぞ。

# 016：ヴィーデの花

すげえな。庶民が思いつきもしない花の使い方だ。

俺は、花の良し悪しなんかはわかんねえ。ぶっちゃけ、そんな生活はしてない。

それでも、これが普通じゃないってのはあからさまにわかる。

祭りとか、なんかのお披露目のときにしか見ないやつだからな。

「ええと。どうしたんだ、これ？」

「うん。ボクなりに、キミになにか出来ないかと思ってね。前にみんながボクにしてくれていたように、花を飾ってみたんだ。気に入ってくれればいいんだが」

ヴィーデは、期待半分、不安半分な感じで、すっかりワクワク顔である。

ああ、そうか。

ぱっと見、なんかすげえ有様だったんで、なに考えてるんだと思ったんだが。

ヴィーデがみんなにしてもらっていたことを、いいことなんじゃないかと思って、俺にしてくれたんだな。

これは……単なる親切だ。

ヤバイ、気づいちまった。

俺みたいなクソ生活をしているやつが、ただの純粋な厚意と優しさに。

マジか。俺こんなことしてもらっていいのか？　そんな資格のある生き物だったか？

「すげえな、まるで王侯貴族じゃないか……」

「良かった……人間はなにがいいのかわからなくてね。キミに喜んでもらえれば幸いだ」

どこかほっとして緊張が解けた笑みを見せる。

右も左もよくわかんないクセに、わざわざ俺のためにしてくれたって考えると、とんでもなくありがたい。なにより、いじらしいことこの上ない。

当たり前の話だが、俺みたいなスラム育ちの盗賊野郎が、なにかこういう感謝を人にしてもらえるとかない、あるわけがない。せいぜい貸し借りがいいところだ。

でも、花がいいとか悪いとかみたいな、そういったシャレた感性なんか持ち合わせてなくても、これが気持ちだってのはハッキリわかる。

損得勘定に生きてきた俺にとって、施しでもなければ同情でも憐れみでもない【単なる気持ちと感謝】ってのはこんなに嬉しいもんだってのは知らなかった。

……あまりの知らない感覚に鳥肌が立つ。

「すげえ嬉しい、嬉しくてヤバイ。ありがとう、最高だ」

やっとのことで言葉を絞り出す。

花なんか食えない。そういうのを喜ぶやつがいるくらいにしか思ってなかった。

正直、そんなモノ、向こう側で勝手にやってくれって思ってた。

なのに、俺個人が認められるだけで、こんなにも心が満たされるなんてな。

こんなの、ヴィーデがなんとか俺に感謝とかしたかったたってのがハッキリわかる。わかるだけにすげえヤバイ。涙出そう。

損得じゃなくて他人と一緒にいる、ってのはこんなにも違うものなのか。

だって、こんなの知っていいのかよ……俺が。

ロクでもない人生で特に見返りもなく、ひとりはぐれて群れにも馴染めないまま、そのくせ腹をすかせただけの小賢しいクソ犬っていう、筋金入りのクソ野郎だぞ。

コイツは俺を利用しようとしてるバケモンじゃないって、信じていいのか。

ああ、最初っから信じていいに決まってるじゃねえか。

そんなの、コイツが純粋で善悪もないタダのお嬢様だって、もともと知ってただろ。

頭ではわかってた。わかってたが、どこかで無意識にバカにしてた。面倒をみてやるみたいに思ってた。ついでに二六年を取り戻そうみたいに考えてた。

そうじゃねえ。

コイツは一〇〇〇年ごと人生も存在も全部ぶつけてきてくれてる。

俺は、それを二六年ぽっちで受け止めなきゃいけねえんだ。前提が違ってた。

これは契約じゃねえ。ただの約束だ。

あわよくばいい目見れればいいな、なんてものじゃねえ。

俺が、いい目を見せてやらなきゃいけない、そういう約束だ。

くそっ。

こんなの、いままでみたいなタダの盗賊じゃいられねえじゃねえか。あいかわらずクソったれで甘くて安い男だなって思うが、信頼に応えるってのはこの稼業じゃ大事なんだよ。

「そして……すまん、オマエを見くびってた。ヴィーデは、こんなにも俺をまっすぐ見てくれてるのにな」

「ん、気にするな。ボクはこれがいいことかどうか自信はない。ただ、キミに尽くしたいだけなんだ」

ほっこりした笑顔で言うヴィーデ。

ああ、ヤベえな。

意識して聞くと、コイツは無意識でこっ恥ずかしいセリフを並べてるんじゃねえ。本心から本当にそう思ってるだけだ。

人外の美少女にこの笑顔を本心で向けられてると思うと、なんか運命どうこう以前に、すげえことになってきてんだなって改めて実感した。

運命なんてのは勝手に転がるもんだが、当人にとってみりゃなんのことはない。基本的に目の前の出来事を出来るだけこなしていくだけだ。

所詮はひとり分だからな。

だが、ふたりってことになるとそうもいかない。俺の運命がコイツの運命も転がすことになる。

当たり前の話だ。

その当たり前のことに、俺が気がついてなかったたってだけで。

……ただ、問題は。

そういう、全力で無償の信頼を寄せてくるようなヤバイ生き物と常に一緒にいる以上、俺のピュアな力が試されるってことだ。そっちはマジで自信ない。頭かきむしりたくなる。

「まあ、今回はいい。すげえ嬉しいし感謝もしてるし、たまにハメ外すっていう俺の言ってた通りの行動だと思う。最高だ。それはそれとして」

「それとして？」

「ココまで大掛かりでなくていい。形ってのは記念日でもなければ、日常的にあると嬉しいものではあるんだが、ささやかでもいいんだ。やりすぎると毎日宴会みたいになる」

「む……」

「宴会は特別な時にやるって言ったろ？　で、一般的な感覚からすると、今回のこれは宴会どころか祭りと同レベルなんだ。昔のお前さんはたぶんそれぐらいの扱いを受けてたんだと思うが、一般的じゃないって覚えといてくれ」

それでも、自分でなんかやったってのは記念日みたいなもんだからな。

それに、今日はこれでいいと思うんで、あんま落ち込ませたくない感じの雰囲気で話す。

「ああ、なるほど……ボクはやりすぎたんだな。キミへの感謝なんていくらやっても足りるものじゃないように思うが、これからは加減をわきまえよう」

なんて、しみじみと噛みしめるような笑顔で言いやがった。

しかし、本当になんだろうな、このあけすけな娘は。

マジでヤバイ気がする。

いつものコイツでいてくれればいい、なんて思い始めてる俺がいる。

今回はこう、真面目な話をすることで乗り切ったが、とりあえず俺からはあんまり気にしないでおこう。そうしよう。

死ぬ、でないと死ぬ。会ってまだ数日だぞ。コイツのなにげない仕草で何度悶えた俺。

深呼吸だ深呼吸。

「よし、それじゃ元気になったし明日の準備だ。なにせドラゴンだからな」

思い切りはぐらかした。

「ふふ、そうだね。ボクも細かいことはわからないから、それがいいと思う」

うむ。準備して寝よう、そうしよう。

……そこで気づいた。

この花、片付けなきゃなあ。

そもそもどうやって入れたんだ。

その後、ヴィーデが時々花びらをパーっと撒きちらしたりして喜ぶのが可愛くて、片付けはなかなか進まなかったり、途中で食事休憩入れたりしたせいで、深夜まで時間かかった。

部屋が花の香りで満たされていたが、次の客は大丈夫なのかこれ。

結局、宿屋の旦那と相談して、余った生花はサービスで希望者の部屋に飾ることになった。

まあ、たまにはそういうのもいいいんじゃねえかな。

# ０１７：探索依頼の実態

街から出て半日、ユアンナに指示された洞窟を見つけた。

しかし、こんなとこにダンジョンなんてあったのか。こんな近場によく見つけ出したな。

場所的には、森の中の山肌っていうか切り立った崖になってる部分にある洞窟で、森の外周からそんなに深くない部分に位置している。木漏れ日が気持ちいい。

地形からすると、どうも天然洞窟っぽい気配はあるが、さすがに中がどうなってるかは調べてみないとわからない。

「さて、地図でだいたいの感じを頼りに来たわけだが、思ったより楽に見つかったな」

「そうなのか？　これを楽って言うのは、たぶんキミぐらいだと思うぞ」

ヴィーデから突っ込まれる。

なお、彼女には一応、魔術師っぽい格好をさせてある。

こう見えても、俺だってそれなりの経験もスキルもあるからな。目ざといのもあるし。

場所を他人に知られたくないのかそこそこ隠しちゃいるようだが、踏み分け跡や折れた枝など、ちょっとした目印があるんだ。

誰も来てねえ人里離れた森の中って割に、本来あるハズもない人の跡がたくさん隠れてる。

それと地形を組み合わせて考えれば、なんてことない。

でもまあ、突っ込まれるくらいだってことは、俺も多少はマシな腕になってるってことで、悪い気はしない。

「大したことじゃねえよ。出来ることなんてみんなそうだ」

「そうなのか？　キミはたぶん自分で思っているよりずっとすごいぞ」

「お前さんだって、運命とかすげえモノ操ってるけど別に普通だろ？　そういうもんだ」

やれるようになったことは、どんなことでも本人にしてみりゃ案外普通だ。

話のネタとしてはともかく、卑下するものでも自慢するものでもない。

普通に息を吸ったり吐いたり出来ることを、ワザワザひけらかすヤツとかいないようなもんだ。

「……キミは本当にすごい人物だな、エイヤ。感心するよ」

ヴィーデがまた目を輝かせている。

うん、こいつにはこういうのが似合ってると思う。

俺にとって普通のことで誰かが喜んでくれるなら、それはありがたいって話だ。

そういう意味では、たしかにすげえことかもしれないな。

今まで、喜ばせる相手なんぞいなかったし。

「気にすんな。それより、それでなにが出来るかのほうが大事だろ。能力なんて所詮はツールなんだし、ドラゴンとか探索のが大事だってことだ」

「言われてみれば。ボクにもなにが出来るかわからないが、いろいろ探っていきたいな」

「大丈夫だろ。やりたいと思ったら運命がそうなるかもだし、なるようになるさ」

「……あ」

言われて気づいたって顔してやがる。

「逆らっても否定しても自分は自分でいいってことだ。出来ることまで気にしても始まらねぇよ」

今まであまりに出来て当然だから戸惑ってるんだろうし、知らないことやってるから慣れないのはわかるんだが、ヴィーデならなんとかする気があれば出来るだろ。

そういう能力なら、それはそれでいいんじゃねえかな、としか思わねえし。

今の自分を否定しても、いいことねえからな。

「うん、そうだ……そうだな！　あは、すごいな、素晴らしすぎるよエイヤ。なんでキミはボクの運命までわかるんだ。ボクなんかよりずっと運命を操るじゃないか」

ヴィーデが、感極まって笑顔のまま俺の腕に抱きついてきた。

うぉっ……そういうの慣れてねえんだよ!?

よほど嬉しかったのかなんだか知らねえが、女っ気とかまるでない独り身生活だった男としては、こういうの苦手なんだってての。

アレだ、アレ。照れるというかなんというかこう、もどかしいっていうかその、なんだ、よくわかんねえけど気恥ずかしい感じのヤツ。

だからって、こんな喜んでるのに引き剝がすわけにもいかねえだろ……。

結局、ヴィーデが満足するまで堪能された。

「ああ、すまない。ボクもこういうのは初めてで。でもこう、モフるとかっていう気持ちが少しわかった気がする」

それはたぶん、モフるってやつじゃないです、ヴィーデ先生。

まあ無粋なツッコミで気持ちに水をささないでおこう。

「いやその、ええとだ……その、こう。俺もこういうこと慣れてないんで、不意打ちだとどうしていいかわからん」

うん、こんだけ純粋に喜んでくれてんのに、こう、いろいろ変な気を起こしたりとかしちゃいけない気がするしな。

とはいえ、だからってコイツはとんでもない美人で世界がうらやむような超絶美少女で、なのにあけすけで安心しきってて、どうにも可愛すぎるせいで対応に困る。

こっちだって、いきなりだとどうしていいかわかんねえんだよ。

いきなりじゃなくても困る気はするんだけども！

「ふふ、キミへの尊敬と感謝と歓びを表しただけだよ。ボクに出来ることがあったらなんでも言ってくれ」

そこに来て笑顔でこのセリフですよ。

俺に、そんなコイツの純な気持ちを邪魔出来るような権利なんかねえじゃん？

動揺を必死に隠すのが精一杯だっての。

だって俺、一応は主人《マスター》なんだし。半分、仮みたいなもんだけど。

そこを受け入れちまったんだから、コイツの好きにさせたり、喜ばせたりするなんてのは俺の義務みたいなもんでさ。

でもこう、それはそれとして人にはどうしようもないとこあるじゃん！

ナイスな異性を見たときとか、ナイスな異性に気安くされたりとか、ナイスな異性にあけすけな対応をされたりとか!!

なのにヴィーデさんってば、俺の気なんかお構いなしにすげえええええ嬉しそうなんですよ。

ぶっちゃけ可愛くて仕方ねえんですけど！

まったく悪魔かコイツ！　悪魔だった！

「う……そうだな、なんかあったらな。それよりさっさと奥に行くぜ、やることやってまた宴会しないとな」

「そうだね、宴会のためにも頑張らなきゃだね！」

「お、馴染んできたじゃねえか、その調子だ」

ふぅ……強引に話を戻して上手く引き離したが、まあ結果的に俺も落ち着いた。

なんにせよ、今回の目的は洞窟の探索だ。

もし、情報通り貴族とやらがなにかしでかしてるってなら、罠がある可能性は低い。

だが、情報自体が罠で、俺とヴィーデを生贄にするなんて線もある。

事前情報はもちろん大事だが、鵜呑みにしすぎると現場と食い違ってるなんてことは珍しくない。

だいたい、貴族が絡んでるような依頼が俺みたいなところに降ってくるってときは、結構な確率でロクな話じゃない。

ってことで警戒して進む。

洞窟は思ったより奥が広く、かがんで入らないといけない入口から想像するより、ずっと天井が高い。っても、人が普通に動き回れるって程度だけど。

古代の遺跡って感じよりかは、天然の洞窟をそのまま改造したってところか。

ダンジョンの種類は主に三つ。

封印、実験場、保管庫だ。

この内、実験場が一番の当たり。クソでかいし、魔物がわんさか出て討伐に人が集まったりして近所の街が潤う。

保管庫は、苦労は多いが実入りも多い。ただし罠が解除出来ないとどうしようもない。

封印はハズレ。せっかく攻略しても魔物を解き放つだけになる。

ヴィーデがいた遺跡は、保管庫と勘違いした俺が封印を開けたってことだな。

で、この洞窟は、罠が多くて魔物が少ない。となると、封印か保管庫の可能性が高い。

ヴィーデのおかげで、ドラゴン様がいるってわかってるけど！

あと、やっぱりどう見ても誰かに入られてる。むしろ、さんざん罠食らったり外した跡があるし、まあ荒らされてるっていう感じだ。

「おいおい、未探索って話じゃなかったのかよ」

ってことは、ココを見つけたどっかの誰かさん……たぶん依頼主が地道に攻略してるってことだ。

魔物のほうは最近の攻略で倒したばかりなのか、新しいのが復活《リスポーン》した様子もなく、しばらくは無事って感じだ。魔物は、この感じだと大した敵にはならねえ気もする。

ただ、腕が悪いのか、罠が多いダンジョンだってのに、とにかく罠の解除率が低い。強引に罠にかかりながら攻略してるってことになる……まだ新しい血の跡が痛々しい。

一度こうなると、だんだん失った対価を求めて引き返せなくなったりする。

「やれやれ、こりゃ泥沼ってやつだな……」

「泥沼？　ココは洞窟じゃないのかい？」

「ああいや、そういう話じゃない。攻略組のスキルが悪くて、強引な進み方をして罠にかかりまくってるってこと。こいつは、なにか得られないと帰れないって状態になってるか、誰かの命令で帰りたくても帰れない状態になってるってワケだ」

お互いにうわぁ……って顔をする。

あまり気持ちのいい話じゃないしな。

ヴィーデの遺跡に比べればまだ軽いが、それでも、ココは結構凶悪なダンジョンだ。

見た目は洞窟のくせして、その実、罠だらけで全然洞窟らしくない。

自然系のダンジョンを見慣れてないと、ヤバさのオンパレードでやがる。

なにせ石畳じゃないので、相当の熟練者でもないと罠が見破りにくい。

あるべきでない場所に岩などがあったり、湿っているべき場所が濡れていない感じで不自然な場所があるとか、前に入った冒険者の落とした装備っぽいのが変に転がってるとか、場数踏んでないと気づけないヤツばかりだ。

しかも、この手の罠は、魔力などによる自動メンテナンス機能が備わってることが多くて、ちゃんと対処出来ないと、知ってても二度三度引っかかるなんてことも多い。

魔物との交戦中に発動させたら最悪だ。

「あっぶねえな……これちゃんと処理してねえだろ」

「エイヤはさすがだなあ」

「ヴィーデもついて来れるだけですげえっての」

お互いの実力を確認しつつ、丁寧に、面倒な罠を避けたり解除しながら進んでいく。

それでも、俺には上の下ぐらいって程度で、それほど無理しないでも行ける範囲だけどな。

ヴィーデも、前回の件があってか、まったく心配ない立ち回りでうまくなってる。

だが、先に入った連中には地獄だったろう。

幸か不幸か、難易度に対して矢とか小岩、穴など、ケガや骨折などで足止めする系の罠が多いダンジョンだ。ケガしたら先に進めなくなるってやつだな。

それを、人が死なないのをいいことに、力ずくと人海戦術で押し入った感がある。

つまり、犠牲前提のゴリ押し。

まったくもってクソ野郎の所業だ。こんなんじゃ負傷者だけで確実に二ケタ行ってる。

よほど高額な成功報酬につられたか、上司の命令でもない限りありえないっていう、最悪なパターン。

唯一、治癒関係のコストだけで赤字じゃねえのかこれ。

しかも、死体とか転がってないのが幸いだが、こんなんじゃパーティ編成も偏ってそうだ。

「マジかよ。そこまでして攻略が終わってないと来てる。こんだけ犠牲出して二層の途中までしか行けてねえって」

それで、ギルドに調査依頼が回ってきたってのか。

えげつねえ話だなオイ。

# 018：三層攻略

未攻略ってことは、こっからは魔物も出てくるかもってことだ。

ヴィーデをかばいながらってことになる。

コイツの戦闘関係については、一応、ざっくりだが事前の打ち合わせで確認してある。

結論から言うと、全力で逃げに徹した彼女をどうにかする方法はあまりないと思う。そういう意味では安心だ。

とにかく個人的な対処や戦闘については、やっぱりとんでもねえヤツだってのは改めて実感した。どんなフェイント入れようがなにしようが触れやしねえ。

本人に言わせれば、運命を読めばこういうのも結構行けるってことらしい。

その上で、コイツの身体能力は見た目以上なんで、危機感ないのも納得だ。ぶっちゃけ、反射が異常に速い。

こういうところは、やっぱり人間じゃねえってのを思い知らされる。

ただ、本人は気づいてないが、それでもおそらく無敵なわけじゃない。とはいえ、もしそれが露呈するにしても先のことだ。

いまは便利に使わせてもらおう、とりあえず俺は俺だけで手一杯だ。

「さて、まずは奥まで行かねえとな。ココからは罠だけってわけにもいかないし」

「そうだね、ボクもこういうのは初めてだ」

あからさまに高揚した様子を隠さないヴィーデ。

初めてもなにも、マジであまり外に出たことないっぽいからなあ。

俺も、初めての探索はそんなもんだったかね？　いや、もっとビビってた気もする。

まあ、少しぐらい余裕あるほうがいいし、俺も嬉しい。

そんなわけで、罠に警戒しながら索敵しつつ先に進む。こんなクソ詐欺依頼、やるとこまでやっちまっていいだろう。絶対水増し請求してやる。

ありがたいことに、二層の残りでは魔物は出なかった。そして三層が最終区画らしい。

そこだけ人工的な石畳のダンジョンだし、一本道で罠もなく、敵はすぐに見つかった。

「……アレか」

奥の広間にケイブウルフ、数は六匹。そして大きさが普通よりふた回りはでかい。

ありゃあグレートケイブウルフだ、中ボスが六匹もいるようなもんじゃねえか。

普通は洞窟をねぐらとする狼だが、こんなダンジョンに居るんだから、もちろん野生じゃない。

れっきとした迷宮の守護者《ガーディアン》だ。

かなり広い部屋だし、構成からして、もしかすると最終関門かもしれない。

まさかコレをわかって攻略止めやがったか？　パーティが消耗した状態であんなの相手出来ねえのわかってんなら、なんでここまで来てんだよ。マジでひどい攻略だぞ。

まあ、普通にやったら一匹でも六人がかりで倒すような相手と正面からやりあったら、あっという間にズタボロにされちまうってのはわかるんだが。

「やれやれ、めんどくせえのが出たな、おい」

「どうするんだい？」

「どうもこうもしねえよ、あの手のやつは潰し方ってのがあるんだ。少し待ってろ」

ヴィーデに、じっとしたまま物陰で控えるよう指示する。

アレ相手じゃ今回、彼女の出番はない。

この手の獣は、バカ正直に相手する必要なんかない。でなけりゃ、俺がこうしたダンジョンを一人で探索するような無茶なんて出来ないに決まってる。

日陰者には日陰者のやり方ってヤツがあるってね。それに、俺は目ざといからな。

「まずは、こういうヤツからな」

煙玉に火をつけ、そのまま部屋に向かって転がす。

こうしたガーディアン系の連中は、もともと部屋移動ってのは極端に少ない。せいぜい、部屋のちょっと先まで追いかけてくる程度だ、最悪でもどうせ三層から先には出てこねえ。

ってことは、まともに取っ組みあって戦闘する必要もない。

連中が煙玉のあからさまな異変に反応するが、もう遅い。

いくら部屋が広かろうとせいぜいダンジョンだ、煙玉を転がせば、部屋に煙が充満するに決まってる。

警戒した唸り声が聞こえるが、やっぱり部屋の外には出てこない。

別に部屋の外からダメージを与えに行ってるわけでもないし、まあ、異変が起きたがゆえにアクティブな対応が取れねえってヤツだ。獣のガーディアンってやつは悲しいね。

ただ、ボスクラスが六匹もいるから、こっちもそれなりの準備が必要だ。

部屋は大きさがあるので、念入りに煙玉を追加して煙を増やす。

いきなり大量にやると部屋から出てきちまったりするかもだから、異変を警戒させてからやるのがコツだ。これで視覚を完全に潰す。

もう、煙だらけでしみるし、超接近戦で近づかねえとなにも見えねえってやつだ。

人間様にはゴーグルとマスクってやつがあるんで、煙でやられるってことはねえ。

「……ほらよ、パーティだ」

次に、爆竹。

まあ、耳の塞ぎようがない獣じゃ避ける方法なんかないに決まってる。

これで聴覚を潰す。こっちは弾けてる間だけ耳に栓してればどうってことはない。

「それじゃ、前菜からどうぞ」

ラストに、ニオイ玉。薬草を調合して、獣の嫌がる匂いが出るやつだ。

普通は獣に追われたときや野営なんかに使うんだが、どうしようもない香りで部屋を満たしてやれば、犬っころには効果てきめんだろう。耳も鼻も塞げない獣ってやつはどうしようもない。

これで、嗅覚を潰すと同時に、堂々と部屋に入る。

ここまでやると、だいたいは獣でも平衡感覚が狂う。

人間で言うなら、目をつぶったまま片足立ちしたら立ってらんなくなるようなもんだ。

感覚が鋭い獣なら、感覚が狂うとなおさらまともな行動が取れない。

だが、俺には部屋の状況なんてあらかじめ把握済みだ。

【目ざとい】ってだけの、いわゆる観察っぽいスキルしかねえが、代わりに、一度状態が把握出来れば、見なくたってだいたいのことはわかるし、動くのになにも困らない。

あとは、まともに身動き取れなくなって唸るしか出来ない獣の始末をするだけだ。

「まず、ひとつ」

「ギャウゥン!?」

首筋もいいが、効果的なのは内臓まで皮一枚しかない腹だ。まあこういうときは、とどめより当てやすさを重視する。

行動に一貫性のなくなった獣なんざ、毒のナイフとダガーでざっくりですよ。まともに身動きの取れない、でかい動物でしかないからな。

そもそも、コイツら真下からの攻撃なんてモノは予想もしてない。変に強くて大きいのが災いしたな。

「そして、ふたつ」

「ガ……アッッ……!?」

ありがたいことに、目がしみるのか迷っているのか、獣ってやつはすぐ唸ったり悲鳴を上げたりする。混乱してるから仕方ねえんだけど。

でもそんなのは、真っ白な視界の中、わざわざ居場所を教えてくれる相手でしかない。

数がいるんでまだ深追いは禁物だが、コイツはすぐ首筋が把握出来たんで、腹のついでにざっくりカットしておく。

「みっつ」

「グルァ……ァ……!?」

ボスクラスの狼だけあって、気配でヤバさを感知してるみたいだが、手探りで闇雲にしか動けないやつのまぐれで当たるわけもない。

だいたい、狼の利点ってのは、群れと徹底したヒットアンドアウェイだ。

連携も取れない上に、無茶な振り回しの爪なんて当たるかよ。音を立てるだけ無駄な行為だが、恐怖に溺れた獣に理屈なんてない。

毒を塗ったダガーで深々とえぐっていく。

まあ、ココまでくれば流れ作業だ。

感覚潰しの効果が切れる前に、残りの連中も同じように順に始末していく……そして。

「これで最後！」

「ガフゥ……ッ！！？」

深々と喉元に短剣を突き立てて、こそぎ斬る。

次もいねえし、むしろしっかりえぐってとどめを刺す。

俺ひとりだけだから取れる戦法だって話もあるが、まあとにかく他人と相性が合わない俺にはちょうどいい。

戦闘なんてのは、出来るだけ相手の全力を出させないに限る。勝負事の鉄則だ。

あとは視界が戻るまで待つだけだ。ヴィーデのところに戻ろう。

「おう、なんとか終わったぜ」

「すごいなエイヤ！　あの狼、普通はもっと大変な戦いになるんじゃないか？」

ヴィーデがずいぶんと興奮気味に声をあげる。

煙だらけの部屋を眺めて待つだけじゃ面白くもなかったろうに、本人はご満悦らしい。

「いい条件が揃ってたしな。俺は盗賊だから、相手の得意なことを盗んでいくんだよ」

好き放題しても問題ないってんなら余裕だ。

もう、派手な音を立てても他の連中が寄ってきたりとかないし、煙だって、ダンジョンってやつは空気が淀まないよう風が流れてるから、放っときゃ晴れる。

なにをやってもいいなら、人間様ってやつはそれだけで案外強い……今回の場合、俺が視界ゼロでも動けるってのはあるけどなあ。

「それにしても鮮やかだったと思うよ。人間はあんなことも出来るんだねえ」

「大したことでもねえよ……まあ、正面からどうにか出来るようなスキルもガタイもないからな。だからって、諦めたりも出来なかっただけだ」

正直、手放しでこんなに褒められるのはムズがゆい。

俺には正面から戦うような強さはねえから、普通と逆を鍛えただけでな。

暗闇で光がなくても動ける訓練とか、足音立てずに移動するとか、歩幅で距離や方向を把握するとか、地味な反復練習や訓練やってるとそうなるんだよ。

人間、どんなモノでも、出来るとこまで順を追って鍛えると、意外と出来ることは多いってね。

ただ、こんなえげつない攻略とかしてると、悪い意味で便利屋扱いされるか、気味悪がられたり、そんなの戦闘じゃねえみたいに言われることもよくある。

結構な確率で「今回はこれでもいいが、いずれ正面から戦える強さを身につけろ」みたいな話されるし、ぶっちゃけ、ほとんど暗殺だからな。そんなわけで、世間様にはあまり評価されない。

「あんなの、さすがにボクでも普通じゃないってわかるぞ。エイヤ、キミは自分で思ってるよりずっとすごいんじゃないのか？」

おかげで、ヴィーデに興奮気味に褒められると調子狂う。

こういう裏技じみた攻め手が、正統派を自認する連中や、ロマンとか名声を求めるヤツらに毛嫌いされるってのは慣れてるんだけどねえ。

「うーん、そんなもんかねえ？」

「そんなもんだよ。ボクはキミを尊敬してるんだからな？」

「……お、おう」

ヴィーデは誇張気味に絶賛するが、比較対象が特にあるわけじゃないんで、すごいかどうか俺にはイマイチわからん。

なにせ、彼女自身が戦闘じゃ完全な素人のくせに、俺がおいそれと触れねえ。

それだけすげえ存在ってやつなのかもだけど、それでも納得いかん……おのれ。

ただまあ、その。

やってきたことが誰かに認められるってのが、そんな悪い気はしないってのは実感した。

こそばゆいけど。

# ０１９：ドラゴンとの対峙

思ったとおり、三層を抜ければダンジョンは終了だった。

魔物ってヤツは、死んだら素材と魔石に変わるんで、魔素が抜けないうちに魔石袋に回収しておく。

素材はまあ、持ちきれる分だけだな。盗賊の常として荷物の重さは命取りなので、相応の空間収納袋を持ってはいるが限度がある。

さすがにグレートケイブウルフ六匹分の素材は無理。せいぜい三匹分ってとこか。

「ふむ、持ちきれないのかい？」

その様子を見て、ヴィーデが声をかけてくる
「お、なんかいい方法があるのか？」

「今はない。でも、せっかくだからそこに置いておけば、あとでどうにかすることは出来なくはないかな」

「そっか、ありがとな、期待しておくぜ」

「えへへ」

ヴィーデは相変わらず、ちょっとしたことで笑う。

礼を言われただけでこの喜びようですよ。

でもなんだろうな。

すごくいい笑顔なのに、いつもと違ってなんか違和感があるな。

まあ、今は考えないでおこう。

それに、残るは最後の部屋だけだ。

つまり、この先は、一般的に言って【非常によろしくないもの】とのご対面と言える。

「あー、ココはやっぱりドラゴンってことかね？」

「そうだねえ、ボクはあまりなにもしてあげられないけど、応援ぐらいは出来るかな」

「そっか、ありがとな。まあやるだけやってみるさ」

正直、特にコレって対策が立てられたわけでもないが、話が通じる可能性もある。

期待しない程度に頑張ろう。

それじゃ、嬉しくないご対面といきますか。

いかにもな彫刻の入ったでかい扉を開くと、四層どころか六層ぐらいまでいくんじゃねえかと思うぐらい、延々と階段を下らされる。

そして、いきなり外かと見間違いそうなほどに、めちゃくちゃ広々とした超巨大な空間が開けたかと思うと、ヤツがいた。

まあ、その……いわゆるドラゴンってやつだ。それも、昔話に出てきそうなバカでかいの。

「いまのうちに後ろに下がれヴィーデ。ありゃマトモに相手するやつじゃねえ」

でかい。とにかくでかい。まるで城みたいなヤツが、金銀財宝の上に寝転がってる。

これって、本当に生き物なのか？　鱗一枚でも人間よりでかいっておかしくねえか？　たぶん、文献で見た古代種《エンシェント》かなんかじゃねえのかって思う。

歴史に残るような激ヤバ案件だろう、コレ。

こりゃ対策どころじゃねえ。アリが人間相手にどうにも出来ないみたいなもんだぞ。

なんでこんなヤツ倒そうとか思えるんだみんな。そこにいるだけで超圧倒的じゃねえか。

そんな、人間なんて存在感だけで殺せそうなやつが、洞窟中に響き渡るような音で言葉を発した。

『『ずっと見ていたぞ、人間』』

うおおおお、空気が震える！　超うるせえ!!

まあ、あの大きさで話したらそうなるとは思うんだけど、死ぬほどやかましい。

あの野郎、城みたいな巨大サイズなもんだから、とにかく声が響きまくる。

ただ、やべえなーとは思うものの、思ったより気が引けてない。

産毛が逆立ちそうなほど鳥肌立ってるし、声を聞いただけで吐き気がしそうなほど押しつぶされそうなくせに、その割にはマトモな心持ちでいられるって気がする。

あまりにスゴすぎて、現実感なさすぎるのかもしれない。なんかあったら一瞬でぺしゃんこだもんな、こんなの覚悟するしかねえだろ。

とはいえ、話してくれるって以上、相手してくれる気はあるってことだ。

それだけでもありがたい。

「おお……こんなすげえドラゴンに見てもらえるってのは、なんか冒険者冥利に尽きるってやつだな」

ああ、やべえぞ俺。

バッドハイってやつだこれ。なに偉そうに言ってんだ。

胃がグルングルン回って、頭がガンガン鳴って、ずっと吐きそうな感じなのに。

『は！　よく言う、人間が！　他人の犠牲で此処に来るのがそんなに栄誉か？　おおかた、つまらぬ欲に駆られて来たのだろう？　だが契約は契約だ、願いを言え。そして死ね』

あ、これ、マジで怒ってるやつじゃん……。

だいたい、なんで俺が他人の人身御供にされてんだよ。これアレか。もしかして俺を生贄にして、クソみたいな依頼人にいいとこ取りされるってやつか？

っていうか、そもそも契約とか願いってなんだ。そんなの知らねえぞ。

くっそ、ユアンナのヤツ、とんでもない依頼よこしやがって……。

「すまないがちょっと待ってくれ！　俺はギルドの依頼で来たが、単独だ。先行隊の連中は面識ないしまったく知らない。その契約ってやつもわからん。まあその……アンタの前じゃ、命ぐらいしか賭けるものはないが、そこは賭けてもいい」

マズイマズイマズイ。全身が警報を発してる。血液が、魂が、コイツに逆らえねえって悲鳴あげてる。

なのに、あまりにヤバすぎて、逆に体が奮い立ってやがるぞ!?

だいたい、命を賭けるとか頭おかしいだろ俺……吹けば飛ぶ命に価値なんかねえだろ。

それに、さっきから人間人間って、意外とヴィーデが人間じゃねえってのは気付かれねえんだな……って、待て。なんか、少しおかしくねえか?

こんなすげえドラゴンなら、それくらいすぐわかりそうなもんだと思うんだが。違和感は大事にするんだ……考えろ俺。

『……ははッ、矮小な癖に、命を賭けるとは大きく出たな?』

うおお!? ドラゴンが少し首振っただけで山が動くような地響きだ。実際に山が動いてるからだけど!

こんなの死ぬ、死ぬって! 命を賭けたばっかだけど、コレじゃその前に死ぬぞ!?

安っぽいかもだが、それでも俺の命だからな一応! 無駄づかい厳禁!

『ふ! 人間ごときが対等のつもりか! 人の言葉など信用に値せぬ、価値は己の身で示すが良い』

ドラゴンが俺の方に向き直るだけで、ゴワンゴワン地面がきしみやがる。

こんなんじゃ、マジでどこか崩れたりすんじゃねえのか!? ってくらい揺れた。

ただ、周りはとりあえず思ったより頑丈らしくて、なんとか大丈夫っぽい。

すげえな洞窟。さすがダンジョン。

いいぜ、盛り上がってきたじゃねえか……押しつぶされそうなプレッシャーだが、もう知ったことじゃねえ。こうなりゃ、やるとこまでやるぞ。クソ人生だからな!

さっきから、頭振られるくらい重くて吐きそうだけど。

「示すったってなにをだよ。ないものは出ねえぞ。とにかく俺は誰も犠牲にしてねえし、する気もねえ。だいたい、俺をハメたヤツの思い通りになる気もねえ！」

ああそうか！ わかった。わかったぞ畜生!!

どいつもこいつも俺をハメやがって。

このドラゴン、ワザとだ。

コイツ、全部わかってて俺を試してやがる！ さっき【見てた】って言ってたじゃねえか。

もし、ドラゴンみたいなすげえ存在がまともに見てたなら、俺が【連中が解除出来なかった罠を外してた】のも【ヴィーデがとんでもないヤツ】なのもわかってるはずなんだよ。

だから、ヴィーデを無視して俺に全部話を振ってやがるのか。

クソッ！ 俺がビビると思って、わざと脅かしてやがるのか。

ふざけんな、なんで俺がこんな目にあわされてんだよ!!

俺がなにしたってんだ！　ヴィーデもユアンナも見過ごせねえだけじゃねえか！

ドラゴンなら人間になにしてもいいのかよ、ナメんじゃねえぞこの巨大トカゲ野郎!!

「なにかするってならいつでもやってやるっての！　人間がどいつもこいつもドラゴンにビビるとか思ってんじゃねえぞ、人を試すのもいい加減にしやがれ！　いいぜ、どんなことでも言ってみろよ！　俺のくだらねえ命で遠吠えでもなんでもしてやらァッッ!!」

思いっきり、振り絞って叫んじまった。

もう、とことんなるようになれっての！　遠吠えでもかまうもんかよ！

「だけどな、サイズと質量に物を言わせて上から目線ってのは違うだろ！　それじゃ世の中、でかくて強いだけでエライってことになっちまうじゃねえか！　エライってのはそういうもんじゃねえだろ!!」

うず巻くような圧力に全身が総毛立ってやがるが、相手が城だろうと山だろうと、ビビったら負けだ。っていうか、ビビりまくってるけど知ったことじゃねえ。

人間、負けても大事なことってのがあるんだっての。

「たしかに、すげえドラゴン様から見れば俺はクソだよ！　でもな、カッコつかなくても、死んでも、魂までは譲れねえに決まってんだよ!!」

これ以上ないくらい、限界まで吠えた。

相手が俺をどう思ってようと知ったことじゃねえ。所詮、大きさが違うだけで一対一じゃねえか。向こうがどう思おうと俺は俺ですよ。

ちっぽけ上等、矮小で短気な存在で結構。俺はそんなどうしようもない人間様ですよ。

人間が人間でなにが悪い、人間ってだけでバカにされるいわれなんか無いに決まってる。

……うん。でもまあ、たぶんこれ死んだな俺。おいおい死ぬわアイツってやつだ。

とか思ってたんですが。

『くく……うわっ、はっ、はっ!!』

……は？

どうなるかと思いきや、ドラゴンがいきなりでかい声で高笑いしだした。

いったいなんだってんだ!?

『そうきたか人間！　なかなかに頭が回るヤツだな、うむ。いや失礼した、久々の来客だから流石にイタズラが過ぎた、許せ！』

相変わらず空気は震えるものの、今までの圧力が嘘みたいに消え失せた。どういうこった？

ところで、なんですかねイタズラって。命を天秤にかけられるイタズラとかね、もうね。

うん、さすがにドラゴンジョーク笑えない。ヨワイモノイジメヨクナイ。

あと、吐きそうなプレッシャーこそなくなったが、笑うだけでぐわんぐわん地面が揺れるので、大笑いも勘弁して欲しい。こっちはもうヘロヘロで立ってるのもしんどい。

「え、えええと。よくわからんが、お題かなんかクリアしたってことでいいのか?」

『ふ……まあそう言うところだ、人間。どこで試しと気づいた?』

ドラゴンは嬉しそうに言うが、こっちは全然嬉しくない。

ひさしぶりの暇つぶしに命がけの圧迫面接されるとか、マジやってらんない。胃が痛い。ストレスで死んじゃう。

いやまあ、ちょっと来客をからかってやろうぐらいのつもりなんだと思うんだが。

「おかしいと思ったんだよ……ヴィーデを無視して俺のことばっか話すし。しかもドラゴン様なんていうすげえ存在がちゃんと見てたってなら、俺が罠を突破出来るくらい簡単にわかるだろ。そのへんのいばったクソ貴族みたいな、ダサい考え方とかするわけねえし」

ああ一気にどっと疲れたわー、ってことでその場に座り込む。

で、あらためて、冷静に考え直してみるとだ。

もし、俺のダンジョン攻略をちゃんと見てたってのに、他の連中と仲間だと勘違いしてたなら、ドラゴンはずいぶんおマヌケなアタマの脳筋巨大トカゲってことになる。

だって、俺がクリアした罠を、先に来た連中はまるでクリア出来てないんだから。

そもそも、外せる罠で犠牲を払う必要はないし、攻略の差がわかるに決まってる。

ドラゴンなんて、頭よくてクソ強い存在ってのは文献からも明らかだ。なのに、そこまでお粗末だってなったら、もっと討伐される件数だって増えてるはずだし、ロマンもなくなる。

『ほう。いい読み筋だな、人間。気に入ったぞ』

「や、気に入った、じゃねえですよホント。こっちはなにするにも命懸けなんだから、勘弁して下さいマジで……」

見返り要求するぞこの野郎……その、ほら、そのへんに財宝転がってるじゃないですか。

ほんのちょっとでもなにかこう、迷惑料《おきもち》なんかいただけるとありがたいなーって……言えないけど。

しかし、それはそれとして、なんでこんなドラゴン様なんぞからおちゃめないたずらされる羽目になってんの俺。

悪い意味で特別扱いされてない？

『はは、半分は冗談だが半分は本気だぞ。竜の言霊にもひるむことなく、己を保てるその胆力、素晴らしい。ふふ……さすがは時計塔の魔神が認めるほどの実力者ということか』

え、まってなにそれ聞いてないですよ。

竜の言霊ってその、もしかしてさっきのはなんかヤバイ魔力とか乗ってたの？　気の利いた世間話で、俺を語り殺す気満々じゃないですか先生。

それに、あの……ちょっと。

魔神に認められる実力とか、勝手に話が大きくなってやしませんかドラゴンさん？

# 020：ゴルガッシュ

やれやれ、ドラゴン様の気の利いた歓迎のおかげでえらい目にあったぜ……。

「ご苦労さま、エイヤ。大丈夫だったかい？　さすがだったね！」

「まあ、なんとかな」

ヴィーデがお疲れさまって感じで近づいてきて声をかけてくれるのがありがたいが、時計塔の魔神ってのは絶対こいつのことだろうなあ……。

その様子を見て、ドラゴンが割って入ってくる。

『『ふむ、人間よ……あえてそう呼ぼうか。そなた、運命に愛されておるな？　魔神に、その花の香りを存分にまとう栄誉を授かるとは、心底気に入られていると見える』』

「くっそ、さっきから人間人間うるせえよ……ってか、俺にはエイヤって名前があるんだよ。あとこいつはヴィーデ。挨拶が終わったってなら、いい加減、人を種族名で呼ぶなっての」

あいかわらず、ドラゴンがなんか話すたびに地響きが起こる。

サイズ的に上から目線なのは仕方ねえが、名乗りもなしに失礼かましといて、さらに延々と人間呼ばわりされるとさすがにムカついてくる。その上、気遣いまでされてると来た。

ついでに、花の香りとかまでわかるっぽいし。煙玉にニオイ玉の後だぞ、すごくない？

『はっ、許せエイヤとやら。久々の来客だ、こうして話すのも久しくてな』

「気安いのはありがたいんですけども、せめて死なない程度によろしくしてもらいたいぜ」

アンタは久しいかもしれねえが、こっちはいちいちおっそろしいんで。

『む、道理だな、では名乗ろう。我は古竜にして大地の震竜ゴルガッシュドーン。エイヤ、その方の胆力を認め、我が盟友になることを許そう。そして時計塔の魔神、名を得たか』

「エイヤの使い魔ヴィーデだ。もう時計塔の魔神じゃない。ボクも、こんな古い呼び名で呼ばれたのは久しぶりだねえ、ゴルガッシュ」

『『そうだな、ヴィーデよ。いい出会いがあったようでなによりだ』』

ヴィーデが笑いながら古竜の名を愛称で言うし、ゴルガッシュもそれに気安く返す。

あれ、まさか知り合い？　そして盟友ってなにそれ。

「ちょっと待て、ヴィーデ。お前さん、もしかしなくてもお知り合い？」

「……ああ、うん。実はそうなんだ、ゴルガッシュは数少ない知り合いでね。昔、何度か会ったんだ。でも、知り合いってわかっちゃうと、エイヤはボクを使おうとするだろう？」

すごくつらそうに、ヴィーデが申し訳なさそうな面持ちで言う。

あー。

いろいろと考え直してみれば、まあそうだな、そうだよなあ……たしかにそうだ。

俺の性分からして、使えるもんはなんでも使おうとするに決まってる。で、ヘタに仲介を頼んだら最後、ゴルガッシュは俺を対等になんか認めねえってことだな。

それでなんかこう、道中が微妙な感じだったってのか。

「なるほどね、合点がいった。ヴィーデが応援って言ってたのは花のことってわけか。理由は知らんが、花の香りをつけた俺はヴィーデに認められてるってことになるんだな？」

「すまない。ボクは……エイヤを騙すような形になってしまったと思う」

ああ、そこでしょげるなよ、頼むから。

そもそも先が見えすぎるんだし、わかってりゃつい手が出るなんて普通だろうがよ。

おまえさんが悪気なんて無いのは十二分に承知してるし、計画的だったとしても純粋な厚意からに決まってるのわかってるって！　おまえさん、嘘もまともにつけねえじゃねえか。

「気にすんな気にすんな。ヴィーデがホントに俺のこと思ってくれてやったのはわかるから。言ったろ、現場は俺の担当だから好きにやれって。その通りにしたんだ、褒められるとこではあっても、そんな顔するところじゃねえぞ？」

「ああ、エイヤ……キミってやつは。ボクを喜ばせすぎておかしくさせる気か？」

うお、ヴィーデが感極まって抱きついてきやがった!?

くそ、こういうの苦手なんだってのの……そもそも俺は特に感謝されるようなことなんざしてねえし、ヴィーデは初めて思うようにやったんだから、そこ褒められるとこだろ……。

だいたい、こんな美少女にあけすけに抱きつかれるとか慣れてねえんですよ……俺、アウトドア系引きこもりですよ？

でもその……こんなに喜ばれちゃ、不慣れでも、さすがに優しくなでてやるしかねえじゃねえかよ。

ええとその、これ、どうやったら安心するとかなんかあるの……わかんねえなもう！

『はっは、我の前でなかなか見せつけてくれるな、エイヤ。古竜を目の前にして、のろけられたのは初めてだぞ。なかなかやってくれる』

うおお、無茶言うなよ！　そのドラゴンツッコミすげえいろいろ怖いんだけど!?

楽しそうに言いやがってくれますけど、こっちはこっ恥ずかしいんだよ！

だいたい、どこの誰が好きで古竜の前でいちゃつかなきゃいけねえんだっての！　そういうのはヴィーデに言ってやってくださいよ、恥ずかしすぎて死ぬぞ俺。

なんでこんな、とんでもなくすげえドラゴンと魔神に羞恥プレイさせられてんだ……。

「あー。なんつうかそのあのええと……ほら！　コイツがこんなに喜んでんだから、相手してやんなきゃ悪いだろ!?　人としての礼儀ですよ礼儀！」

『ほほう、竜の眼前でいちゃつく礼儀か。また言霊で縛ってくれようか』

「ちょ、冗談になってないから、それ!?」

古竜が容赦なくて泣きそう。ただでさえアンタの声は震えるほどデカイんだから！

「ああ、すまないゴルガッシュ、すっかりないがしろにしてしまったね。そして、エイヤもありがとう、もう大丈夫だ」

そして当のヴィーデさんは、素敵さわやかな笑顔でご満悦ですよ。

まあ、調子戻ったようだし、それでいいか。

『『うむ。旧知の友や、珍しく気持ちのよい人間に出会えたと思えば……やれやれ』』

古竜もぼっちで拗ねるってのは、世紀の新発見かもしれねえな……。

「あー、それでゴルガッシュさんよ。すまんが話を戻すけども。盟友に認めるとかって大層な言い回しだったが、いいのか？　ちっぽけな人間なんかと友人になっちまって」

『『構わぬ。そも、迷宮を単独で突破し魔神にまで愛された者を、我が盟友と認めてなんの問題がある。己を過小評価するものでないぞ』』

「ああ、ゴルガッシュはこれでもお硬いやつで、豪快ぶってるけど根がマジメなんだ。手順を踏まないと、知り合いの紹介ですらなかなか認めてくれないんだよ」

『『ヴィーデよ……それはさすがに我が威厳と矜持というものがだな……』』

人外の超越存在って、意外とおちゃめだって知った。

……まあ初対面でドラゴンジョークかますようなやつだし、自業自得とも言える。

「まあ、光栄だと思っておくよ。ただ、人間はどうしたって、すぐ見た目に左右されっから、そこは勘弁してくれ。そんで、そもそも俺の目的は探索調査だけだったんで、これで終わりなんだが」

とりあえず依頼はクリアと言える。

こっからはちゃっちゃと帰って報告なんだが、なんかこう、いろいろマズイ気もする。

迷宮であんなクソ攻略させるヤツなんてろくなもんじゃない。

『ほう、では盟約のことは本当に知らぬか。ならば伝えよ、迷宮の宝はなくなったと』

「……宝？」

『うむ。此処は、我が突破者の願いを聞き届ける迷宮だ。もっとも、地上ではその情報が失われて久しいようだが』

最近は情報もなくて誰も来なかったってのに、嗅ぎつけた変なやつが来たってわけか。

まあ願いって言っても、ゴルガッシュが気に入らないと蹴るんだろうけど。

「でも、それならアンタの判断次第だろ。なんで俺が？」

ゴルガッシュが嬉しそうに目を細めながら言う。

『願いのない突破者が現れた。故に、我は盟約のくびきから解き放たれたということだ』

「うん、おめでとうゴルガッシュ。言ったとおりだったろう？」

『……さすがに古竜でも一〇〇〇年は長いぞ、魔神よ』

なるほどなあ。

なんか、とくに願うこともない俺が突破したせいで自由になったとかヴィーデの予言とかなんとか、人外同士の積もる話がいろいろあるらしい。

あ、もしかして、そういうところも含めて俺が盟友って扱いなのかね？

それよりもこの件、思った通り面倒な話になりそうだな。

「まあ、俺のほうはモノのついでだから、なんだって構わねえよ。ただ、わざわざ人に言伝を頼むってことは、なんか面白い話とかあるって考えていいか？」

ギルドの依頼が踏み倒されるってことはないだろうが、とにかく依頼人はクソ野郎だ。なにがあるかわからない。

もともとヴィーデから聞いて知ってるから、俺もイライラしすぎないで済んでるが、冒険者稼業の使い捨てみたいな違反依頼なんてのは、どんな理由だろうと下の下だ。

ただ、そういうクソとやり合うってことは、こっちもクソを踏む覚悟は必要だ。

『ふ、決まっておる……エイヤよ、そちらにメリットがなければ、この話、旨味がなさすぎるであろう？　特にヒトなぞ、身近な損得で動くもの。人間の流儀にのっとり、我が一肌脱ぐというものよ』

「え、いやその」

高らかに笑いながら言ってくれるのはありがたいんですけど、悪い予感しかない。

一般的に言って、こんな素敵サイズのエンシェントドラゴンさんがなんか動くって話になると、どんなコトでもスケールが大きくなると思うんですよ、ええ。

『疾《と》く伝えるがよい……我が軽く灸をすえてくれようぞ』

「ぶっ!?」

だめえええ、それダメなヤツ！　キレイさっぱり街が地図から消えちゃうヤツ!!

気軽に言っちゃいけないヤツだから、それ！

やっぱり、俺をストレスで殺す気まんまんじゃねえか、このドラゴン!!

# 021:見るよりも作ること

くっそ、ドラゴンがどんなに頭が回ろうと、とりあえず頭の中は一〇〇〇年前のままだなこの野郎。

「ああもう、いまはそういう時代じゃねえし、ついでに戦争も内戦も起きてねえから!」

『『……なに?』』

やっぱりか。

腕力強いと、軽く小突けばなんとかなるって感覚になりやすいんで困る。

「もう、ヴィーデが活躍してたような時代とは違うっての。国と国がポコスカ殴り合うってのは三〇年前から休戦状態だし、ドラゴンとかだってそのへん飛んだりしてねえよ」

ああ、文献読んどいてよかったなあ、マジで。

ゴルガッシュみたいな連中がそのへんウロウロしてたとかっていう、一〇〇〇年前の古代帝国戦争時代と、最近はだいぶ事情が違うんだし。

昔は戦争にもドラゴンが参加してたみたいだし、ドラゴン同士でもバトってたらしい。

プライドがくっそ高いので、それを利用して、ドラゴン同士で殴り合わせるって話とか結構応じてくれやすかった……みたいなこぼれ話はいくつかあった。

ゲームや知恵比べなんかで負かして契約で縛ると、結構言うこと聞いてくれたみたいな話も多いらしいんだが、まずは話し合いに応じてくれるまでが大変だったとか。

もっとも、だからってガチのドラゴン喧嘩なんて戦争に協力するどころじゃなく、ドラゴン同士の超パワーに戦場が真っ二つに引き裂かれて、敵も味方も被害続出。

結局、下位の竜種であるワイバーンとかレッサードラゴン以外は、そもそもヤバすぎて呼ばれなくなったとかなんとか。

まあ、そういうのはゴルガッシュ見てるとなんとなく実感出来た気はする。

こんなのどうやって相手すんだよ。ブレスや魔法まで使う空飛ぶ城の攻略じゃねえか。

人間なんて、尻尾の一振りで三ケタ吹っ飛ぶぞ。

『ふむ。そうなるとだいぶ考えを改めねばならんな、我はもはや伝説や昔話の物語に近い存在か』

「そういうこった、もう姿見せただけで世界中が大騒ぎですよ。特にあんたみたいなサイズなんて、かなり前から存在すら捕捉されてねえみたいだし」

『む……』

「そうだねえ、ゴルガッシュみたいなのが最後に現れたのは三〇〇年ぐらい前だと思うよ」

ヴィーデがフォローする。

すげえな。あんな遺跡に封印されてたのに、どこまで外のこと見てたんだコイツ。

封印されてから一〇〇〇年もの間、ひとりのまま、ずっと外の運命を眺めながらいろいろと想像してたのかと思うと、なんか切なくなってきた。

そして、それはゴルガッシュも一緒だ。

さっきの会話から察するに、こんなところに長い間ひとりでいたんじゃ、イタズラくらいかましたくなったのは理解もする。だからって、あんな目にあって納得とか絶対しねえけど。

……となると、だ。計画にはコイツが動けそうな余地も入れとくに限る。

「あー、ここから街まで、普通は報告して伝わるのに半日ってトコか……」

「ん、なにを考えてるんだい、エイヤ？」

「やー、もちろん悪いことですよ。一日もすりゃ、依頼主にコトが届く。そうすりゃ問題になるのは、余計なことを知ってる上に宝を横取りした俺だ。たぶん刺客かなんか来るだろ」

迷宮のお宝ってのは探索したやつに権利がある。

調査依頼でも個人で持ち帰れるぐらいのちょっとした財宝なら持って帰ってもいい。

ただし、俺が持ち帰るのはウルフの素材のみだし、迷宮の主とは、たまたまお友達になっただけ。

願ったわけじゃねえし。こっちは違反なんてなにも犯してねえんだけどな。

それでも、今回の依頼主が期待したのは、罠の調査や解除程度だ。突破や攻略までは依頼に入ってないんだが、そこは自由裁量だ。

とはいえ、相手は大義名分で引き下がるようなやつじゃねえだろうしなあ。

「その口ぶりだと、対策はあるのかい？」

「もちろん。これならたぶんゴルガッシュも好き放題出来るだろうし」

『『ふむ、なにを望む？』』

ヴィーデもゴルガッシュも覗き込んでくる。

そりゃ決まってるさ。

「依頼を果たしてやるんだよ……お望み通り、迷宮の探索をさせてやるのさ」

あとは相手を引き込めるかどうかだが、これも計画はある。

「それで、ゴルガッシュには少しだけ頼まれてほしいんだが、いいか？」

『『ほう、我を使うか。事と次第によるぞ？』』

ゴルガッシュの目つきが変わった。こりゃ完全に乗り気だ。ありがたい。

「まず、洞窟の再メンテナンスっていけるか？　もう一回来ることになるからな」

『『その程度なら頼まれるまでもない。だいたい我にも連中の攻略は醜くて見るに堪えん。試練の意味を教えてやる必要がある。なにより、もともと我が責務だ』』

よし、これでだいぶ楽になる。

とはいえ、もともとクリアされた以上、仕掛け直すのは自然の流れなんで、それは受けてもらえると思ってた。

　問題は次だ。

「それとすまないが、いかにもな魔法のアイテムっぽいやつがあったらくれねえか？　ペアっぽいやつがいい」

『『ふむ、適当に好きなのを持っていけ。ただし、やらんぞ……返せ』』

うわ、意地汚い。さすがドラゴン意地汚い。財宝に関しちゃ本当に容赦ねえな。

いやまて、これもしかして取り返すって意味でもあるのか。前向きに考えておこう。

「あー、出来るだけ善処するぜ」

『『出来るだけ？』』

「ハイすいません全力で取り返します！」

目が怖い、本気だ。人間なんてなんとも思ってないって目だ。

　くっそ、ゴルガッシュの野郎、自分は冗談かますくせに俺の冗談にはこれっぽっちも乗りやがらねえ。いつか人間の怖さとセコさを教えてやる。

「まあそんなわけで、だ。きっとヤバイことになると思うんで、全力で街に行って、全力で逃げ帰ってくると思う。あとは勝手にやるんで、ゴルガッシュは好きにしてくれればいい」

『『そうか好きにか。久しぶりに羽を伸ばせそうだのう』』

　嬉しそうに言ってくれやがりますけども、こんなドラゴン様が羽を伸ばしたら、世の中エライことになると思うんで、ほどほどにして欲しい。

「なるほどなあ。でも、街までは無理して急がなくてもいいんじゃないかい？」

ヴィーデが当然の疑問を口にする。

「そうもいかねえんだよ、ここまでえげつねえヤツだと、入口で張られて監視されてるかもしれねえからな。攻略は出来なくても、それくらいは出来るんだわ」

普通だと考えにくいが、今回は相手が真性のクソ野郎だからな。

誰かにこの洞窟が見つからないようにとか、俺が変なもの持ち出さないか見張ってる可能性がないわけじゃない……出来ればそこまで警戒したくねえけど、やりそうだ。

「そういうことなのか、さすがエイヤだね。ボクは先を少し細かく見たほうがいいかい？」

「いや大丈夫だ。それより、見ることより作ることを覚えるんだ、ヴィーデ」

「つくる？」

「そうだ。おまえさんのそれはすげえんだが、いつも結果でしかない。だが、その間にはいろんなことや人が詰まってるからな……そこを大事にするといいんじゃねえかな」

運命はもう伝えてもらってる。それで十分。

あとはどうなるにしろ、俺らが出来るだけのことをするだけだ。

「エイヤ……キミってやつは。ボクをどれだけ震えさせれば気が済むんだ？」

ヴィーデが、ぞくぞくして仕方ないって様子で目を輝かせて震えている。

人間としてはたぶん普通の意見だと思うんだが、彼女にしてみれば、どうも想像すらしなかった話らしい。

『『はっは！　一本取られたな魔神！　こやつ、道理で人間のクセに、花の祝福を受けるほどにまで愛されておるハズよ、合点がいったわ！』』

ゴルガッシュは、俺たちのやり取りがすげえ楽しいらしい。

なんか知らんが大笑いしているせいで、いちいち空間が揺れる。つらい。

「あー、そういえばつかぬことを聞くんだけどさ。その、花の祝福ってなんだ……？」

「あああああ言っちゃダメえええええええ!?」

質問にすごい勢いで、真っ赤になったヴィーデが割り込んできた。

『『……だそうだ。本人の許可なしに話すわけにはいかんのう』』

そして、なにやら面白げな様子のゴルガッシュ。

無論、ふたりとも、これ以上なにも言う気はないといった感じだ。こりゃ聞き出すのは無理だな。

「まあいいけどな、うん。別に俺が知らないと困る話でもなさそうだし」

なんか、ヴィーデが慌てるような隠し事ってのも変な気はするが、こいつのことだ。どうせ悪いことじゃねえだろうし。

「だ、ダメって言ったらダメなんだからね……？」

「いや、そこまで必死なのを聞き出す気もねえよ。俺のためを思ってぽいし」

「……ほっ」

あからさまに胸をなでおろすヴィーデ。

わざと粘ってみてもいいんだが、これ以上やるといじめになっちまう。

いつも少し浮世離れしたコイツの珍しいところ見られたし、焦って赤くなるヴィーデとか、それはそれで可愛いから十分だしな。

『『ふ……我の前で見せつけてくれるのう、やはり始末しておくべきか』』

すげえ重いひとことが入った。

これ、笑いながら言霊入ってませんがゴルガッシュさん!?　怖えよ！

だいたい、なんで偉大なドラゴン様ともあろうものが、こんなところに丁寧にツッコミ入れてんだよ、竜の威厳とか矜持はどこ行きやがった。

ドラゴンジョークは、人類にはまだ早いと思うんだ。

# 022：スカウトギルド

覚えてやがれドラゴン野郎、そのうち一発殴る。たぶん、きっと。こいつならたぶん殴っても許される。

そんな、どうでもいいことをこっそり心に秘めつつ、森の洞窟をあとにする。

ありがたいことに、迷宮には魔法的にゴルガッシュしか使いようがない裏口があって、そこから出してくれた。

今回みたいな場合、すでに張られてそうな入口を回避出来るのは助かる。

ドラゴンの魔法ってのはホントよくわかんねえな、これ。

でもよく考えると、願い叶えてもらったあとに、地道に入口まで戻るってのはカッコつかねえから、威厳と手順を大事にするゴルガッシュのヤツがそんな手落ちをするわけねえって考えると、いろいろ納得だ。

ヴィーデのときみたいに、崩落する封印ダンジョンとかマジ勘弁して欲しいし。

「さて、じゃあ、ちゃっちゃと行きますか」

ざっくりとした計画だが、おそらくゴルガッシュのところまでは引っ張れる。

アイテムを揃えて竜の前で願えば叶う、みたいなでっち上げなら、二層攻略も終わってない連中には真偽の確かめようもない。

そして、お宝の正体が【お願い】となると、おそらく本人がわざわざ出てくる必要がある。

突破が確定した時点で、お出ましになるって段取りだろうしな。

まあ出たトコ任せではあるが、あとは時間と段取りの勝負になる。

俺たちは大急ぎで、なんとか夜にはミルトアーデンにたどり着いた。

「まずは、アイツのところだよな」

「ユアンナさんのところだね？」

そう、なんにしてもギルドへ報告にいかないと始まらない。

街へ戻ってくるなり、そのままギルドに直行した。

表向きは売れないオンボロ雑貨店の裏口から扉を開け、呼び鈴を3度鳴らし、いつもの合言葉を言う。

「よう！　なんでもいいんだ。かまわない。まともな品を見つくろってくれ」

仲間である符丁を済ませると、奥からいかついおっさんが応対に出てくる。

頭文字で【通し】をするバレバレのやり取りなんだが、こんな単純なワンクッションでも、あると面倒がかなり減る。

この程度がわからん連中なんぞ、ギルドに入れる理由もないってな。

盗賊《スカウト》ギルドはその性質上、いろいろとめんどくさい。もともと他の斥候ギルドと違って、基本的にはスラム出が中心の、義理堅いだけのチンピラ集団だからな。

おかげで、本来は斥候《スカウト》ギルドであるはずなんだが、蔑称も込めて、うちの街では盗賊ギルドって呼ばれてる。まったくもってふざけた話だ。

それを甘んじて受けざるをえない俺らも、どうしようもねえけどな。

なぜって、俺らのギルドはスラムと密接すぎるせいで、諜報とか裏情報なんかも扱ってる。

だから、表立って堂々とやってると、よそといらん軋轢《あつれき》が生まれるからだ。ぶっちゃけ、ある意味ギャングに近いところもあるが、スラムの秩序としても機能してるので、現状どうしようもない。

なので、低く見られるぐらいで多少でも良好になるなら、その程度は受け入れる。

この街ではスラムの規模が大きいせいだ。まったく世知辛い。

「おう、じゃあ中入りな。注文を詳しく聞かせてくれや」

「ありがてえ、よろしく頼む」

いつものように、奥の裏廊下からつながってる別棟のギルド本部に入る。

ヴィーデとは離れるわけにもいかないんで、俺の後ろに隠れさせながらギルドまで連れてきた。

いまはとにかく時間が惜しい。

「おーい、ユアンナはいるか！　大至急！」

「……ん、どーしたのそんなに慌てて。エイヤらしくもない」

ユアンナが、応接室のソファで寝っ転がったまま、つまみをかじりつつ、耳をぴこぴこ揺らしながら笑顔で尻尾を振って応える。

暇そうでけだるげなくせに、いちいち態度がなまめかしいが、コイツこれで天然だ。相手にしてると時間の無駄でしかない。

それより、この時間ならギルドにいると踏んでたが、助かった！

「どうもこうもねえ、おまえさんのクソ案件だよ！　あんなのどっから持ってきやがった。依頼人が踏み倒す気まんまんじゃねえか……後始末手伝ってもらうぞ！」

「えー、割のいい仕事だと思ったし、アンタならそれでも十分イケるでしょ？」

イケるでしょ、じゃねえよ！　当然のような顔しやがって。

割がいいってことは、スジの悪い依頼って知っててよこしやがったってことじゃねえか。

「まあ出来るコトは出来るけどな、そのためにおまえさんも必要なの。ほら依頼の品と完了報告そっちに預けるから……さっさと行くぞ！」

「え、やだ……そんな強引に、もうやだエイヤったらそんな積極的もがもが」

放っておくとめんどくさい口を黙らせて、ヴィーデと二人がかりで強引に引きずり出す。

「いいから来いっての。テメエにも責任とってもらうからな！」

「ボクは、ユアンナさんにさんざんモフられたんで、やるだけやっていいって聞いたよ」

「もが────────!?」

容赦なんかしねえし。

だいたい、ユアンナの依頼はいつもこうだ。

かなりの確率で、内容以上にめんどくさいことになるんで、いつもの恒例行事だな。

色気と天然に任せて依頼持ってくるもんだから、トラブル満載すぎて大抵はエライことになる。

そのくせ、絶妙にギリギリこなせないレベルじゃねえってのがまた腹が立つんだが。

おかげで、こうしたスレスレのことになるってのに、それを綱渡りと交渉だけでどうにかするってのがまたコイツのすげえトコだ。

アフターケアが上手いとも言えるが、まさに文字通りの女狐っぷりと言える。

つまり、こういうときは、相手しないで口塞いで連れ出すに限る。

ヴィーデと二人で外に連れ出して、そのまま移動がてら説明する。

「もう……一体どういうことなのよ!?」

「どうもこうもねえ。依頼がヤバすぎて、下手すりゃおまえさんまで狙われかねないってだけだ」

ユアンナは不満たらたらに文句つけてくるが、自業自得だ、知ったことか。

ギルドに入るところは張られてたかもしれねえから、こっからは時間勝負だ。

どっちにしろ、依頼の完了報告した以上は、相手に情報が行く。なら、遅くても半日、早けりゃすぐにでも、大急ぎで動き出すに決まってる。

「ふーん、なるほどねえ……でもいいわ、ヴィーデちゃんが一緒ならモフり放題よねえ？」

「ええっ、ちょ……ま……!?」

「もふーん！」

ほんとにコイツは切り替えが早い上に調子いいな。

ヴィーデがさっそくおもちゃにされてる。

まあ、運命を読んでるのに避けないってことは心底嫌がってるワケじゃないんだろうけど、大変だな……。

「おい、じゃれるのもそのへんにしとけ。俺の読みだと、遅くても今日中には例の洞窟に依頼人が来るんだよ。マジでクソ攻略のゴリ押し野郎だから手段なんか選ばねえだろうし」

「はぁい……で、算段と計画はどんな？」

だからそこ、ヴィーデから手を離せ。

「まあダンジョンに引きこもって罠をうまく使う」

「いいけど、今回の依頼主ってバックにいるのはボンテール子爵よ、大丈夫なの？」

「マジかよ!?　領主じゃねえか！」

コイツ、あっさりと依頼主バラしやがった。

依頼終わったし、向こうが契約違反に出てきてると思って容赦ねえな。

っていうか領主か、領主なのか……ううむ。

まああたしかにヴィーデにしてみりゃ辺境貴族だけどさ……重い話になってきやがった。

「そうよ。まあ、いまだにスラムを放置するような素敵な領主だけどねえ」

「金儲け主義だからミルトアーデンが栄えたとも言えるし難しいとこだな」

ボンテールの野郎は、ぶっちゃけ領主としてはクソ野郎だと思う。ただ、優秀だ。

よくも悪くも金があれば通せるって意味では話が早いし、商売はうまい。

金があるから街も栄える。栄えれば金が入ってくる。

もちろん、その一方で街の闇も深い。

スラムは放置され、金を失った連中はスラムに流れるし、そうなると面倒事は全部スラムのせいになる。

なぜって、スラムは金にならねえからだ。

貧乏な裏通りは放置されて、街の闇を一手に押し付けられ、代わりに、表通りは華やかで安全ってことになる。当然、金のない連中には衛兵も冷たい。

そうなると自警団やギャングみたいなのが発生するし、それを進化させて表との窓口になったものが俺らのギルドとも言える。

ただ、そんな掃き溜めの窓口に金持ち領主が絡んできたとなると話は別だ。

だいたい、ボンテールのクソ野郎は金しか興味ない。利権が絡まないと動かない。だが、面倒なことに、金を回せる領主ってのは世の中を回せる。おかげでこの街はでかくなった。

問題は、そんな金の亡者が、いい額でお忍びの依頼を出したってとこだ。

「ユアンナさあ……なんで毎回、そういうヤバイところに足突っ込むわけ？」

「だって、お金くれるならいい話でしょ？　支払いは良さそうだし」

そんなの当たり前って調子で、嬉しそうに言いやがったよ。

ああそうだった。コイツ、いつもどうにか出来ると思ってやがるんだ。

ホント悪気もなく面倒見もいいし絶妙なんだよな……。

だが、街を出ようと門に向かおうとしたところ、ヴィーデが口を挟む。

「エイヤ。盛り上がってるところすまないが、ボクらは街を素直には出れないぞ」

「マジかよ」

「うん、門番に通達が出てるんだ。このまま行ったら捕まるんじゃないかな」

相手もなかなか動きが早い。この感じだとやっぱギルド前では張られてて、伝達とかは魔法かね？　こりゃ、ゴルガッシュに裏から出してもらわなかったら洞窟の入口で捕まってたな。

さて、ここからどうするかだ。

# 023:奥の手

門でチェックされるってなると、次のプランだ。

クソ領主だがポイントは押さえてきやがる、こりゃめんどくせえな。

「ん……なんでヴィーデちゃんがそういうのわかるかは、美少女は正しいに決まってるからいいとして、どうするのよ。私が交渉してもいいけど、足つくのマズいんでしょ？」

ヴィーデのことはいいんだ……。

それはさておき、通ろうとすれば、俺らの存在がどうしたって割れる。

ユアンナに別の仕事を頼むって手もあるが、そうもいかねえだろうしなあ。ここは順当に行きますかね。いざとなれば、嬉しくはねえけど奥の手もあるし。

「まあな、手はいくつかあるんだが、時間優先で考えて壁越えって方向だな」

「え、それ私は平気だけど、ヴィーデちゃん大丈夫なの？」

「大丈夫だと思うよ。高いところ登るだけだよね？」

なにか問題でも？　って顔のヴィーデ。マジで!?　って顔のユアンナ。

なかなか対比におもむきがある。

「あ、こいつは大丈夫だぞユアンナ。俺らレベルの体術あるから」

「ええぇ！　やだそれなにもう可愛い!?」

いやそこ、目を輝かせながら尊みに溺れるところじゃねえと思うんですけども。

「まあ、最初に俺が登れば、あとは問題ねえだろ」

「さっすが頼りになるぅ。それじゃヴィーデちゃんのコトはよろしく、また後でね～」

とか言ってさっさと離れようとするユアンナ。

「は？　テメエどこ行くんだよおい」

「え、領主の屋敷に決まってるじゃない？」

当然でしょと言わんばかりに、さっさと行こうとするのを捕まえる。

この女、組んでみると本当に自由気ままで天然だな。

「ちょっと待て。さすがにここで行く理由がわからん」

「エイヤが街を出るんだし、領主も出るって話なんでしょ？　だったら街にいない間に領主のおもしろネタ探っとけっていう話じゃないの？」

「……すげえなお前」

察しがいいっていうか、そりゃ頼みたかった仕事だけどさ。だからって、思いついてもおいそれと頼めねえって内容だ。火の粉ぐらい自分で払うから、過保護とかいらねえってやつか。

ただ、ついさっきまで街を出るっていう話だったのが、このやり取りとノリでそこまで考えが飛んでいくのが天然すぎるだろ……。

「だって私の得意分野は交渉とか諜報だもの。そっち荒事っぽいじゃない？　荒事ならそりゃおまかせするわよ」

言われなくたって、やらかしたコトは対応して当然でしょ、みたいな顔をされる。

なんか悔しいので、まったく仕方ねえなって感じで軽くにらみつけておく。ささやかな抵抗だけど。

「せめて、ざっと説明しろよな……」

「ふふ……いまのターンは時間優先なんでしょ？　なら、こっちで勝手にやってるから、適当なところでお願いね」

「あいよ」

「それじゃ、ヴィーデちゃんもまたね〜〜〜♪」

「うん、またね！」

俺のことはほとんど無視で、ヴィーデにだけ笑顔を振りまきながら去っていった。

まああたしかに、ヴィーデが運動出来ないなら補助役が必要だが、そうでないなら別行動のが搦め手を打てる。全員まとまってると思われやすい以上、そのほうが有利って話でもある。

命狙われかねないタイミングだってのに、そこまで計算してすぐ攻めに行くあたり、ダテに副長じゃねえな。なんであの女狐がトラブルになりにくいか、わかったような気がした。

「じゃ、後始末は任せて、俺らは壁越えて戻りますか」

「そうだね、壁登り楽しみだなあ」

ヴィーデはすっかりほくほく顔だ。

楽しみって、なにがあるんだコイツ。高いとこ登ったって、夜に景色が見えるってわけでもないしな。

街の壁は、元は古い城塞都市なだけあってそこそこ高い。

割と辺境のくせに栄えてるせいで、それなりに設備にも回す金があるせいだ。

どっかと戦争するわけでもねえのにな。

それはともかく、夜に内側から登るやつなんぞ普通はいないので、警備なんてのはないに等しい。

もっとも、外から登ってこないかを見張る連中はいる。

さすがに衛兵の周回タイミングを測るような余裕はない、さっさと行動するに限る。

「俺が先に登ってロープ下ろすから、あとから登ってきてくれ。コツはこんな感じだ」

「うん、だいたい真似すればいいんだよね？」

「おまえさんの体力と動きなら、ロープさえありゃどうにかなるからな」

俺のほうは、城壁として積み上げられた石の隙間に手を突っ込んでガシガシ登って行けばいいだけだ。風が強い日でもなければ、この程度の高さなんざ城に比べりゃどうってことない。

速度重視で勢いよく上まで到達すると、ロープを下ろす。魔法で強化された、細くて軽い特別製だ。

ヴィーデが、下でしっかりロープを握ったのを確認して、引きの準備をする。

ありがたいことに、空の月も、朱月が四半月で黄月は三日月。完全な真っ暗じゃねえし、明るすぎもしない。

視界もあるし、一度コツを見せたせいか、思ったよりスムーズに登ってきた。

「おまたせ。本当にエイヤはすごいな、こんなところを素手で登るなんて」

「そうでもねえよ。むしろすげえのはヴィーデのほうだって」

「そうかい？　ボクは単に、キミのすべてが新鮮で楽しいだけだよ」

まったく、師匠を慕う弟子みたいにあどけない顔しやがって。

こっちはさんざん訓練して鍛えてやっとこれだってのに、ほぼ初見でこれだからな。

「普通、そこまであっさり登ってくるものじゃねえんだけどなあ」

「ボクは、エイヤに余計な面倒かけたくないだけだよ」

答えがいちいちいじらしい。優等生か！　優等生だった。

そんな雑談をしながら、あたりを見回しつつ警戒する。

「……シッ！」

声を止めるよう合図する。

クソッ！　まだ遠いが、城壁の上を周回する兵士が出てきやがった。

ヴィーデの速度を考えると降りるまでに間に合わねえな、これは。

「ふふ……」

ヴィーデが、なにやら嬉しそうに俺の行動を待っている。

あああ、マジか、マジなのか。こんなところで奥の手やれってのか。

「……やりやがったなヴィーデ。まさか、アレをやれってことか？」

「そうだよ、見つからないよう一気に降りるならそれしかないだろう？」

ヴィーデが甘えるように手を広げて近づいてくる。

「ボク、こういうのずっと楽しみだったんだ」

すべてお見通しどころか完全にハメられたってやつだ、ちくしょう。

これは一本取られた。運命ってやつはほんとにクソだな……最初から全部わかっててこうしやがったってやつか。

「……たしかに、ここでアレを使うってのは誰も不幸にしねえ運命の使い方だよなあ」

「見てるだけじゃなく、作れって言ったのはキミだろう？　さ、時間もないんだし」

彼女の言う通りだ。思い切ってやっちまえば、いろいろと早いのは間違いない。

くっそこの小悪魔め、悪いこと覚えやがって……教えたの俺だけどさ。

「あー、わかったわかった。やりゃいいんだろう、しっかりつかまってろよ？　フォローしねえか

# 運命の悪魔に見初められたんだが、あまりに純で可愛すぎる件について

47AgDragon

ill 47AgDragon

初回版限定
封入
購入者特典

特別書き下ろし。

## ヴィーデ、はじめてのおつかい

※『運命の悪魔に見初められたんだが、あまりに純で可愛すぎる件について』をお読みになったあとにご覧ください。

EARTH STAR NOVEL

# ヴィーデ、はじめてのおつかい

「あああ……もう！　どうしてエイヤはこんなにも素敵なことばかり言うのか！」

エイヤがドラゴンに関して調べものに出かけたあとのベッドで、ごろごろと転がって悶える。

運命の操り手である、時計塔の魔神のボクに向かって「人ってやつは、結果にかかわらず出来る限りのことをするんですよ」だぞ。

そんなこと言われたら、ボクだって頑張るしかないじゃないか。


……というわけで、ボクはいま、花屋にいる。

なぜなら、そこで花を買うからだ。

ボクは一度も買い物というものをしたことがない。だから店というものをまともに見たことがないし、服屋だってはじめてだった。運命で覗き見してみたことがあるだけで、詳しくはよく知らない。

ただ、どうしようもなくエイヤに花を贈りたくなったので、ココまで来てみた。

悪魔と呼ばれる魔族の中でも魔神に位置するボクが、本当に花なんて贈っていいかどうかわからないのだけど、それでも花の祝福をしたくなったから。

ボクみたいな魔族にとって、花の祝福を贈るっていうのは特別な意味がある。


それは「一生、あなたに尽くします」っていう意味だ。

魔界にほとんど花なんか咲かないので、そんな貴重なものを捧げるなんていうのは、魔族でも特別だっていうこと。

もっとも、人間の世界とつながったいまは、昔みたいなそういう意味は薄れてる。こっちでは、花が魔界みたいに貴重じゃないらしいので、店で売ることが出来るほどあるってすごいよね。

それでも、多くの魔族はみんな花が好きだったし、ボクも花は好きだ。昔は、ボクの部屋がいつも花で飾られてたりしたくらい。

だから、いまのボクに出来る最大限の感謝として、なにか形にしないといけない気がする。

「ああ、やっぱりエイヤはすごいぞ」

花を買いに行くことになるなんてのは、大冒険だ。

いままでは、必要なら、運命で花屋のほうからボクのところへ花を持って来るようにすればいいだけ。店に行くんじゃなく、店が来ればいい。そのはずだった。

でも、エイヤと出会って、自分で直接動くのも大事だって知った。

自分で行ってみるなんて……そんなの、わくわくが止まらない。

だいたい、ただの人間でしかないエイヤが、こんなにボクの運命を変えるなんて、そんなのすごすぎて、どうしたらいいいんだい？　まだ会って数日だよ？

エイヤの言葉を借りて言うなら「ヤバイ」だ。もしかしたら「ヤバイ中のヤバイ」っていうやつかもしれない。なんだか火照ってしまうぞ。

そんなわけで、花をお願いする。

「すいません、花をください！　大事な人にプレゼントするやつで、花びらとか撒くようなやつ」

めっちゃ緊張する。だって、このボクがお願い、だ。

エイヤと出会ったときもそうだったけど、ボクはこの手のことをほとんどしない。

だってそうだ。運命っていうのはいじれば勝手にそうなってしまうものなので、ボクがお願いするなんてことは基本的に必要がない。

つまり、ボクにとって「結果が見えない」というのはそれだけですごい。

エイヤのそばにいれば、それだけでこんなことが日常的に起きるなんて！

あああヤバイぞ。そう思ったら顔がにやけてしまう。ただでさえ、エイヤの前だとボクはおかしくなってしまいそうなんだ、変なヤツだと思われないようにしないといけない。

なんて思いながら、必死に買い物をした。

結果から言えば、買い物は大成功。

対価を多めに払ったのもあるかもだが、なにより、店の人はボクのことを気に入ったらしい。

おかげで、とてもいい買い物ができた。

さて……エイヤは気に入ってくれるだろうか？　もちろん花そのものはあとで必要になるものなんだけど、それはエイヤが喜ぶかどうかとは別なので。

うー、いまからドキドキが止まらないぞ、ボク。

どうなってしまうんだ？

らな、まったく……」

「わぁい！」

ヴィーデをお姫様抱っこ的に抱きかかえると、そのまま城壁の端に立つ。

で、肝心の本人はすげえ満面の笑みで嬉しそうでやがる……まったく毒気抜かれるぜ。

「じゃあ、いくぜ？」

俺はそのまま彼女ごと、壁の上から空中に身を躍らせた。

もちろん、自由落下じゃない。

——背中の【黒い翼を広げて】だ。

そのまま、落下の速度を利用して滑空する。

衛兵に気付かれないよう一気に離れるには、翼で飛んじまうのが最高だし、たしかに城壁越えで時間取食った分を楽に取り戻せるんで、出し惜しみさえしなければ最適とも言える。

これは、黒鷺の二つ名がついた由来のひとつだ。

俺が純粋な人間じゃなく、亜人だか魔族だか魔物だかよくわからんが謎の混血生まれだってのは誰にも言ってねえ秘密だ。そもそも、バレたらひどい目にあうし、おいそれとひけらかすモノじゃねえ。

だが、ソロなら状況次第で気兼ねなく使える。おかげで、現場にでけえ黒羽が落ちて、羽を残すのは俺のトレードマークみたいな話になったってやつだ。

幸い、人に見えないようにしまえるのが便利だが、友人どころかパーティだって超絶作りにくいったらありゃしねえ。

万が一、背中に変なケガでもしようもんなら、こんな珍獣、一発でバレて人生破綻する。

人間ってやつは無意識のうちに、気に入らねえものや異質なものを嫌うんでな。

世間じゃ、羽の生えた混ざりモノなんざ見たことねえし、どうせ見世物小屋に売り飛ばされるのが関の山なんで、使い勝手はともかく、嬉しいもんじゃない。

ヴィーデにもゴルガッシュにもバレバレだったみたいだけどな、ちくしょう。

「すごいねえ、エイヤ。ボクはこうやって抱かれながら空なんか飛べる日が来るなんて思わなかったよ」

俺にぎゅっとしがみついたままのヴィーデが、満足そうにごきげんな口を開く。

こいつにとっちゃ、ほとんど全部が初体験な上に、なんでもありと来てやがる。

「俺のほうは、こんなあっさり披露する日が来るなんて思わなかったよ……まったく、しっかり状況作りやがって」

ただ、出来れば爆発する塔から逃げるとか、もうちょっとロマンのある状況がですね。

人生って、なかなか思うようにいかない。

「その……怒ったかい？」

おそるおそる聞いてきたが、ゴルガッシュの件で怒られなかったせいか、前回よりビクついてないのはいい傾向だ。実際こうして運命を仕掛けられてみるとすげえとは思うけどな。

この、清純派小悪魔系ボクっ娘魔神め。属性多すぎだっての。

「いいや、これ褒めるところだろ？　おまえさんがやりたいようにやったんだ、いい記念じゃねえか」

しかも、こいつの場合は俺のためを思ってだ。なんの考えもなしにやるわけがねえ。

そこに、ちゃっかり自分の利益を入れるようになったってのは、ヴィーデにとって喜ばしい成長に決まってる。いいことはめでたいに決まってる。

あとは、俺の度量が試されるだけだ。ぐぬぬ。

「……ありがとう。ボクは、その翼は好きだ」

ふいに、ヴィーデが、俺の首に回した腕にきゅっと力を込める。

「だから、ボクはキミにも、その翼を嫌いなだけで終わってほしくないって……そう思っただけだよ」

「ぐふっ!?」

ぐおおおお、なんでそこでそういうセリフを言ってくれますかこのあけすけ魔神は!?

人のトラウマ捕まえて言うことが【好き】とか【嫌いにならないでほしい】とか、心底ガチの思いやりだけで言われたら、こそばゆさ限界クリティカル。

むしろ、このシチュでこれ言うのが目的だったんじゃねえのかって思えるぐらいですよ？

どう考えてもヤバくてヤバイだろ！　もどかしさでかゆい、マジ悶絶したい。

だって、こんなの、これっぽっちも人間扱いしてもらえない人生のクソ案件ですよ。

それを、いきなり最高大好き扱いされてみろ。そんなの、誰だっておかしくなるのなんて確定じゃん……うごご。

……しかも、あらためて具体的に考えてみればですよ。

仕方ないとはいえ、超絶人外美少女にめっちゃ抱きつかれながら密着されて、甘く優しく囁かれるランデブー状態じゃねえですかこれ!?

その上、ぎゃあああやべええええええって思っても、どうしようもなく腕も滑空姿勢も崩せねえ状態どころか、ヘタに気を抜いたら失速墜落するやつですよ！

なにこの生殺し状態。死ぬ、死ぬって、鎮まれ俺、ステイ、ステイッ!!

ああ……なんつうかもう、さっきからずっと顔が真っ赤になってる気がするんだけど、暗いし正面向いてりゃバレねえよね？　バレてねえですよね？

うん……その後、ナニゴトもなかったかのようにキレイに着地を決めた。はず。

# 024：そのころ、領主の城にある秘密の部屋

その少し前。

ボンテール子爵は、領主の城で部下の報告を聞いていた。

ここは密室。子爵と直属の部下しか入れない、秘密の部屋。

領主には、このような相談室が必須に決まっている。

表向き【話のわかる領主】であり続けるためには、人に聞かれたくない話をするための場所が絶対に不可欠だからだ。

「おそれながら、依頼した盗賊は例のダンジョンを最深部まで到達し、アイテムを持ち帰ったものと思われます」

蓄えたヒゲをなぞりつつ、ギルドを見張らせていた部下から【伝達魔法】で報告を聞く。

高価な使い捨て呪文の巻物で、兵士一月分の給料と同じ値だが、私の許可さえあれば誰でも使える。これ以上に便利な魔法もない。買える時間は、移動でも伝達でも大いに使うべきだ。

それはそれとして。

依頼終了とともに、迷宮の奥から持ち帰ってきたという特別なアイテムがあると報告が来ている。

だが、私はそのような依頼まではしていない。探索と調査のみだ。

せっかく物資も人員も十分揃えたというのに、迷宮攻略がいつまでたっても進まぬ。やむなく凄腕を雇ったはいいが、今度は、どうやら腕がよすぎたようだ。

ダンジョンの最終目的である【我が望みを叶える】というところまで行かれてしまっては困る。

「アイテムは私のところへ。そして門番に命じ、その者を発見次第拘束しろ、至急だ」

これだから外部の者は信用に値しない。なぜなら、彼らには失う恐怖がないからだ。

だから、部下には高い給金を与えてある……よそでは稼げないほどの金額を。

つまり、生活のランクが上がってしまう。人間、一度上がってしまった生活ランクを下げるわけにはいかない。

そもそも、彼らは、私の部下でなければ暮らせない二流かそれ以下の者たちだ。それは、本人たちが身をもって知っているだろう。

そう、世の中は金だ。

金が私を守ってくれる、力のないものを守ってくれる。

「やれやれ……金の尊さをわかってない連中が多すぎる」

金があれば爵位すらも買える。人生が買えると言っても過言ではない。

だからといって、いつまでもこんな辺境で手に入れた、田舎子爵などに甘んじているわけにもい

かない。

過去の栄光にすがっているような没落貴族連中なぞ、私の相手にもならんが、地位は通行手形でもある。面倒でも、貴族社会のルールは守らなければならない。

ここまで、そうやって走ってきた。だが、そんな私にもどうにもならぬことはある。

そこで、古代帝国期のダンジョンだ。

三〇〇年前から所在が失われていた、偉大なるドラゴンが願いを叶えるという迷宮。

どんな貴族王族とて出来ないことを可能とする。一番わかりやすい。

苦労して文献を集め、やっと探り当てた古代の迷宮……金だけでは買えない力。断じて渡してなるものか。

部屋を出て、部下に宣言する。

「私も出るぞ。兵士長、第一隊準備せよ。これより迷宮の最終攻略を開始する！」

第一隊に関しては、私個人の兵だ。

冒険者くずれや傭兵くずれのチンピラどもばかりだが、相応の金はくれてやっている。こういうときこそ、しっかりと働いてもらわねば。

そう、時間は金。人が一日働けば、相応の給料が出る。それは、誰かが対価として時間と労力を使ったからだ。

人生は、生きる時間をどう金に変換するかで、その換金率は一定ではない。

効率よく時間を金に変えた人間が、よりよい人生を過ごせるというものだ。

けれども、冒険者の連中はだいたい違う。

あいつらは、時間よりも効率よりも、自分勝手さを取る。

好き勝手するというのはクジみたいなものだ。当然、ハズレのほうが多いに決まってる。

そのくせ、金はいくらでも欲しがるという、最低最悪きわまりない者たちだ。私も、昔はずいぶん痛い目にあわされたモノだ。

まったくもって人間として価値がない。スラムのクズどもと大して変わらん。

ギャンブル人生の冒険者がどうなろうと知ったことではないが、だからといって私の邪魔をされると困る。

私の時間は、連中の時間とは金額が違うのだから。

まあいい、それもこれまでだ。さえない部下どものせいでだいぶ効率は悪かったが、それは仕方ない。あとは迷宮さえクリアしてしまえば良い。

それでも、最後のひと押しだけは自分で行くしかないが、それは当然の義務や責任というものであろう。

「そうだ。力は、金に変えられる。金さえあれば……ほとんどのことは出来る。そして平和になるというものだ」

人生、幸せ、愛、友情。すべて、金があれば手に入る……運命さえもだ。

すでに金は使っている。あとは、それに交換するだけ。
そのための準備は、すでに終わったのだから。

# 025:ダンジョン入口

……さて。

幸か不幸かショートカットも出来たんで、さっさとダンジョンに戻るとする。

このまま放っておけば、領主が俺を追っかけてくるはずなんで。

明確な理由はいくつかある。

まず「部外者である俺を、わざわざダンジョン調査のスペシャリストとして雇うような状況に追い込まれてる」ってことはつまり、なんか理由があって時短を望んでる。

次に、俺が必要なキーアイテムの一部を持ってるかもと思わせた状態であること。

そして、相手が洞窟の出口やギルドに見張りを置くような、ねちっこく周到な性格。

このへんを総合すると、まあ十中八九、領主本人が来るだろう。本人が変な対応してるせいでこうなってんだし、時間がないなら、最後は自分でやったほうが早いに決まってる。

どうせ金持ちワンマン領主だし「変に自分が動くと、他のことが止まるってのが許せねえから、今まで足踏みしてた」とかそんなとこじゃねえかな。

その割に秘密主義すぎて、断片情報で身内にしか頼れないから、管理や準備が適当。おかげで情報も準備も人員も足りずにゴタゴタしてるって感じかね。

どっちにしろ俺がやることは決まってる。これからゴルガッシュのダンジョンに籠城決め込むだけだ。

目論見が外れてもその時はその時。容赦なく、あぶり出しガッチンコ戦法でもパーッと使えばいい。

ちなみに、あぶるのはユアンナ、ガッチンコは言うまでもなくゴルガッシュである。

いかがわしい秘密をゲットしつつ、その一方でゴルガッシュ先生に脅すなり一発殴ってもらうなりする戦法だ。

他力本願ばんざい。

「ふむ……エイヤは、またなにか考えているのか？」

思案にくれて口数が減った俺を見て、ヴィーデが問いかけてくる。

「ん、ああ……まあな？」

……そうだよ！

いくら俺でもこう、なりゆきでも「人外美少女をお姫様抱っこして夜空のランデブー」とか意識させられれば、しばらく気になるっての！

そういうのまぎらわすには別のことを真面目に考えるしかないってやつですよ！

とはいえ、当の本人にとても言えないので、はぐらかしてごまかす。

まあ、ウチのお嬢様はすごく楽しそうだったんでいいんですけどね？

「ヴィーデにはダンジョンの奥に隠れてもらって俺が表向き対応する。お前さんなら仕組みをイマイチわからなくても、必要な罠は起動出来るだろ？」

「……あいかわらず、すごいこと考えるなキミは」

ヴィーデに感心されたように驚かれた。

そんなもんか？　彼女なら因果関係は理解出来るんだから、仕掛けに対応するなんて朝飯前だろ。なるようになるさ。

「そうでもねえよ。相方のスキルとダンジョンの仕掛けとかに頼り切った、出たとこまかせだぜ？」

「ボクをそんな、タダの作業員として使う人は初めて見たよ……」

「でも、そういうのやってみたいだろ？　もともとちょっとした成功とか失敗とか、そんなものがないんだし、お前さんはもっと実感が必要なんだよ」

「うん……うん！」

まったく、目をキラキラさせて全身で喜びを表しながらうなずきやがって。

一〇〇〇年も封印されてた世界を揺るがしそうな魔神様のくせに、マジ可愛いったらありゃしねえっての。さっきのことがあるから変に意識しちまうじゃねえか。

でも実際、お前さんみたいなのは自分がなにをやってるのか知るべきなんだよ。ひとつひとつ、丁寧に。

おそらく、ヴィーデにしてみりゃ、こんな【作業をする】なんていうのはいままでありえないんだろう。成功したければ、思いつきでポンと成功するんだ、こいつは。

なぜって、勝手にそうなるからってだけの理由でだ。

だいたい出来ることってのは、なんとなくでも出来ちまうもんだけどさ。でもな、世の中ってのは全部【こうやって誰かが実際に動くこと】で回ってんだよ。

運命なんてもんを動かすなら、ちゃんとそれを自覚した上でやるべきだと思うんだ。でないと、いつしか誰かが勝手にやってくれることになっちまうからな。

お前さんの動かす運命ってのは、全部、誰かやなにかが関わってるんで、それを無自覚にいじり倒すのもどうかと思うんですよ。

今後、俺も関わることだし。

そしてヴィーデ本人もだ。

こいつにはまだ「自分が当事者だ」って自覚がない。

あるのは漠然とした、ふわっとした感じのヤツだ。だから、ひとつずつ丁寧に知っていかなきゃだ。

少なくとも、俺はそう思ってる。

……つきあってやるって約束しちまったからな。

「まあ、なるようになるだろ」

先が見えないコトは、無理に見ようとしすぎないのが人生のコツだと思ってる。

＊＊＊

そんなわけで、すっかり夜更けにダンジョン入口まで来たんだけども。

「……入れねえな、これ」

予想通りと言えば予想通りだが、そこはもう素敵なまでに領主の部下らしき連中に警備されていた。どう考えてもダンジョン警備や探索ってレベルじゃねえぞ。

お出迎えセットの荷馬車どころか、簡易的な天蓋付きのキャンプまで揃ってやがる。

うん、領主様直々のお出ましともなれば当然ですよな。これで確定だ。

俺らは、夜闇に紛れ、それを隠れて見ているだけである、切ない。

「でも、入るんだろう?」

ヴィーデがこれっぽっちも心配してないどころか嬉しそうに聞いてくる。

わくわくしてしかたないって感じだ。

お前さん、絶対先をわかってて楽しんでるだろう。

「もちろん、入るに決まってるさ」

って感じで、俺も安請け合いするけども。

兵士たちは強いかもしれんが、ぶっちゃけ実戦や乱戦に慣れてない普通の衛兵だ。

世間に言わせりゃそういうのがマトモなんだろう。

マトモだから、世間に求められた通り、やることをちゃんとやる……つまり、決められた指示に従って決められた対応しか出来ない。

普通に強く、普通に優秀で、普通に立派で……孤独を知らない。自分で組み立てない。俺らみたいな、どん底で誰の助けもなく、自分でやるしかないってのを知らない。

だからこうやって、連中の馬車、つまりは領主様お出迎え用の豪華セットである積み荷に火を点けてやる。当然、離れた場所から弓でだ。

うん、とてもよく燃える。やー、金持ちの私物を燃やすのは気持ちいいね！

突然の火の手に、大慌てでみんな右往左往してやがる。

こいつら、街の衛兵だろ？　森での対応がまるでなっちゃいねえ。長丁場の見張り、ご苦労さんってやつだ。

おかげで、こんな程度でも仕掛けられると対応が後手後手になる。

『っ……敵襲だ！　所定の位置につけ！　まずは火を消せ！』

早速、部隊長らしきやつが反応する。人のいい隊長だ、部下にも指示がわかりやすい。

敵である俺にもわかりやすい。

だいたい、火を消すって言うけど、お前らもともと便利屋系の魔法使いも回復役もいない部隊だろ。でなきゃ、あんなにダメで強引なダンジョン攻略するかよ。

燃やされた時点で諦めるのが正解で、最初から火消しに人数割く余裕なんかないんだよ。

森なんてのは街と違って、明かりなんてなにもないんだ。でかい明かりをつくってやれば、影なんていくらでも濃くなる。

暗いところに慣れた目で見る明かりは、すげえ明るいだろ？

そんで、少しでも火なんか見たあとには……こんなに堂々と影を歩かれても気づかないんだよ。

「さすがエイヤだねえ、ただ明かりがあるっていうだけなのに」

ヴィーデが感心したようにささやく。まあ、さっきまでの少人数警備のほうが、見つかってもおかしくないからな。

衛兵としてなら、彼らは優秀だ。警戒してればやはり強い。なのに、ばたばたして慌ただしいせいで、もはや木の葉の擦れる音にすら気づかない。

その間に、邪魔な衛兵さんには二人ほどお眠りいただく。

適当に火消しなんか行かせるから、せっかくの定位置がまるで機能してない。指示が二つあるのもよくない
だいたい、こういうのは人数が揃わないと、相互カバーも出来なくて意味がないんだ。

そして、積み荷から予定通りの爆炎と炸裂音。

『うわああ！　な、なにが起こった!?　新しい敵か!?』

転がしておいた炸裂玉と油のビンが炎で弾けただけだが、十分に効果がある。炸裂玉なんてほとんど音だけで威力もお察しだが、油と一緒なら別だからな。

そもそも、森に領主お出迎え用の荷馬車やキャンプセットなんか持ち込んでるほうが悪い。

おかげで、とてもいい感じのステキな宣戦布告になったけどね！

で、そんな仕掛けに一瞬でも気を取られたら、警戒心なんて隙間だらけだ。

入口警備の意識、がら空きだよ。

「さ、今のうちにいくぜ？」

「本当に、魔法も魔力もなしにこんなことが出来るんだね……」

難なく、衛兵の後ろの暗がりを通って、堂々と洞窟に入る。

神経は繊細に、行動は大胆に。

ヴィーデからすると、見えているのに見えなくなるってことが、こんなにも簡単に起こせるのは信じられないらしい。

実際には、認識の位置や予測など、見た目より簡単じゃないんだが。

でも、俺からすると、魔法の場合でもおそらくあまり変わらないと思うんだよな。

世の中ってのは、出来ることを効果的にやるだけだ。無理なことなんて出来ない。便利さにかまけてそれを見失ってると、普通に出来ることコトでもすごく見える。

手軽で簡単ってのは、必ずしもいいことばかりじゃないし、手順や意義は大事だからな。

「まあ、魔法で出来て当然なら、そうじゃない方法でもやりようはあるってことだよ」

「なるほど……たとえ魔術や魔力でなくても、人の意識や考えの方向性をなにかで変えるってことには変わりないんだね」

「そういうことだ。やること一緒だろ？」

魔法でもそうでなくても、ないものがあるようにする、ってのは一緒だからな。

それが、魔法で起こされるモノなのか、人為的に起こす出来事かの違いでしかない。

「深いなあ……知ってても、実際に目にすると驚くことばかりだよ」

えー、なんだ、その、あれだ。

だからって、そうやって心底尊敬の眼差しで見つめられると、さすがになんというかこそばゆいですお嬢様！

衛兵連中の警戒心と違って、俺はまだランデブーの余韻がそがれたわけではないので！

# ０２６：運命ってヤツの捉えかた

「さーて、じゃあ早速ダンジョンでひと仕事しますか」

「うん！　それで……ボクはなにをすればいい？」

張り切るヴィーデがいちいち可愛い。

仕事と言っても、罠のポイントとかわし方、仕掛けの見回りと確認ぐらいしかやることないんだけども。

まあ、それでもとりあえず、領主がくる前にやることはやっておきたい。

入口であんなことになったところに領主がやってきたら、おそらく大変なことになるんだろうなって想像はつく。

ぶっちゃけ、こちらの戦力を誤解させたり、相手の混乱を招くのも必要な仕事っちゃ仕事なので、そういう意味では、不必要にでかい警備は俺にはありがたかったとも言える。

だって、運が良ければ、衛兵連中が失態を隠すために、俺らの戦力を大きめに盛って話す可能性まであるし。

たった一人や二人の侵入を見張るのに、ひと部隊も使っておいて「あっさり侵入された上に領主様お出迎えセットは全部焼かれました」なんて怖くて話しにくいもんな。

敵にまで情報を丁寧に教えてくれるような、人のいい部隊長の苦労が忍ばれる。

つうか、おひとりさま探索の専門家舐めんじゃねえぞってのもあるけども。

世の中にはこういうトラブルだってつきものだからな。いつだって正々堂々とせず、正面切らないでも戦える準備は必要だ。

なんかあったときに、誰とだって喧嘩出来るくらいの心の準備はあると安心だからな。

数の暴力で泣き寝入りなんてのはしたくない。

……そんなことを考えながら、ヴィーデに罠を一通り説明して回る。

「そこ、ただのくぼみに見せかけて罠だから、踏むと足取られて転ぶぞ」

「へえ……こんな自然を利用した罠ってのもなかなか侮れないね」

感心したように罠周りをチェックするヴィーデ。

彼女のすげえところは、この理解力もある。

普通、転ぶって言われて、それがすごい罠だっていう解釈が出ない。

だってこいつはそもそも魔神かなんかみたいだし、付き合ってる相手が帝国皇帝とか、ゴルガッシュみたいなとんでもないドラゴン様とかですよ。

そんな彼女が「転ぶ」ってだけの人間用の罠を「侮れない」って考えるこの理解力だよ。

実際問題、意図せずに足を取られて転ぶってのは見かけ以上に恐ろしい罠でな。とくに、洞窟なんかで下手に転ぶなんてのは最悪中の最悪だ。

いとも簡単に骨折、捻挫するし、最悪、頭が陥没して死ぬまである。

石の地面っていう鈍器に、自分の重量で、ろくな防御も出来ずに殴られるんだからな。

「しかし、ヴィーデはすごいな。これがヤバイ罠だってわかるのか」

「ボクは、転んで死んじゃうような運命だってたくさん知ってるからね……」

なるほど、いろんな実例を知ってるぶん、理解も早いのか。

それにしたって、コレの危険度がわかるってのは、マジで冒険者としても心強い。

人間の動きについて英雄クラスが普通だって勘違いしてたくらいだってのに、修正力と分析力も半端ないな。覚えとこう。

「ところでエイヤ、ひとつ聞いてもいいかな?」

珍しく、ヴィーデのほうから質問が出てくる。

いつもなら、喜んでこっちの対応を見てるか、嬉しそうに聞いてるだけなんだけども。

これはいい傾向かもしれない。

「なんでも構わないぜ、答えられる範囲なら」

「ボクは……どこまでやっていいんだい?」

なにかを決めた感じのヴィーデ。

やる気だこれ。あどけない笑顔でおっそろしい質問だな、オイ。

ただまあ、なんであれやる気が出たってのはいいことだ。どうも、いままで運命が信じられなくなって、なにも踏み出せないとこまで落ち込んでたっぽいからな。

彼女にしてみれば、息をするように運命が動くってのは大変なことなんだろうが、俺は本人でもないし、そんなもん肩代わりも出来ない。

それに、背負いすぎだっての。

「んー、無理のない範囲で好きにやっちまっていいんじゃねえかな」

「無理のない範囲？」

もしかして、止められると思ってたんだろうか。それとも、範囲をわかりやすく指定してくれるとか思ってたかもしれないなあ。

だが、俺に答えられるのはそのどっちでもない、ちょっと厳しい対応かもだが、今後絶対に必要になる話だ。今からしておいて損はない。

「ひとことで言えば、あんまり気にするなってことだよ」

「あ……その、ええと？」

せっかくの決心を、半ばスルーされたみたいになったヴィーデが戸惑う。

そりゃそうだ、自分では覚悟だと思うかもだが、決心ってのは最初から無理してんだよ。

「ヴィーデ。お前さん、無理しすぎじゃないか？　もっと肩の力抜いてもいいんだぜ？」

「ん？　それって、どういうこと……？」

そうか、そこからか……だよな。

「お前さん、運命はなんだって自由になると思ってるし、自分で好きに弄り回してると思ってるだろう？」

「そうだよ、ボクが思えばそのとおりになってしまうからね」

なにをいまさらそんなことを聞くんだろう、といった感じの表情だ。

うん、薄々感じてたが、これは出来すぎてわかってねえってやつだな。

「逆だよ。ヴィーデのほうが運命に振り回されてんのさ。全然使う側に回ってねえんだよ」

「……え？」

「深く考えなくていいってことさ。前にも言ったがヴィーデの能力だろ、そんなの普通だっての」

「ちょ、ちょっと待って！　これ、普通？　普通って言っちゃっていいの？」

慌てる姿がいちいち可愛らしい。

ちゃんと根っこから向き合って考えてみたことがないって感じだなあ。

「そうだよ、普通だろ。だって呼吸するように出来ちまうんだからしかたないじゃん。息をするだけで誰だって生きてるけど、それだって十分すげえのにみんな理解してないしさ」

「エイヤは、本当にすごいことをサラッと言うよね……」

美少女の、感心半分呆れ半分って感じの尊敬の眼差しって、なかなか見られなくて貴重かもしれない。しかも、伝説級の魔神様ですからね。

でも、運命とか操られてもそうでなくても、俺に出来ることなんて変わらないからな。

世の中なんて、他人はどうあれ、自分に出来ることを最善であるように地道にやるだけですよ。

「まあ、疲れたり振り回されたりするって時は、自分で思ってるより運命なんてうまく回ってねえんだよ。能力が本当に思った通りに使えてるなら、困らねえし便利なだけだろ」

「……あ」

意識の隙間を自覚したっていう、隙だらけの無防備な顔。

こいつに付き合うことに決めてから、彼女のこういう表情を、つい見たくなってきたのは自分でもなんか申し訳ない気もする。

「能力ってのは道具だぜ。たとえば、馬が人より少し速く走れる程度のことですよ。で、馬と人間はそこそこうまくやってるだろ？」

「うん……うん！」

「馬は、人より速く走れるのが普通で、別に気にしてないと思うんだ。だから、ヴィーデの能力だって、他人より少し運命を回せるだけってことでいいんじゃねえか？」

「……！！？」

ヴィーデが、言葉を失うほど驚いてる。

でも、自分とはどこかで向き合う必要あるし、能力なんて自分次第だしな。

「運命を変えるなんて、実際は普通にどこの誰でもやっててさ。いまの俺だって、領主の運命ぐちゃぐちゃにかき回してるだろ？　世の中なんてそんなもんかもしれねえよ？」

まあ、俺の言う運命の考えかたは、ヴィーデの認識とは違うかもしれないけどな。

それでも、コイツがなにをどう思うかに関係なく、俺は俺に出来ることをやるだけだ。俺が必要だと思ったことを俺がやるってのは別に変わらない。

で、肝心の彼女は、自身を抱きかかえるようにしながら、なんか身を震わせて……あれ？

「ああ……本当に、本当にだ。キミは……素晴らしく大胆な考えをするよね」

え、ちょっとまって。ヴィーデの目が潤んでる！

俺、そこまでなんかヤバイこと言った？　なんかやらかしちまったか⁉

「うわ……いやその、悪い、俺なんか変なこと言っちまったか？」

「ああ、ごめんエイヤ。そうじゃないんだよ、逆だ逆！　ボクが感動しすぎて少しおかしくなってるんだ！　キミは本当に最高すぎてもう……なんと言っていいか」

顔を真っ赤にして感動してるってやつだったってわけか、ああよかった。

俺、なんかそこまですごいこと言ったつもりはねえんだけどな。

「その……ええと、なんかの足しになってくれりゃそれでいいってことよ」

「あは、あははは っ！　そうか、そうなんだね……まったくキミってやつは！」

「……は？」

いきなり、すごく吹っ切れたように嬉しそうに笑い出した。

泣くほど感動したかと思えば、次の瞬間いきなり笑い出すとか、ワケがわからない。

「よし、じゃあもう遠慮しないよ！　ボクはボクらしくってのは……合ってるかどうかわからないけど、たぶん、こういうことでいいんだよね！」

「……え？」

そして、いきなり手を握られた。

あまつさえ、白くて細くてキレイな指にきゅっと握りしめられた。すげえ柔らかい。

なにこの感触ヤバイ。あのユアンナのヤツですら、こんなふうには握らない。

「エイヤは、もう絶対にボクのご主人さまだからね！」

うん。

もう、なにを言われても、主人としてとてもステキに彼女の言うことには逆らえない気がする。

こんな嬉しそうな顔で言われたら無理。超無理。

そして、なんかひどくおかしな方向で納得された気がする。

とてもやる気になってくれた上で、自分らしさってやつのきっかけを見つけてくれたっぽいのは嬉しいのだが、いろいろとマズイ気がする。

「いやあの、ヴィーデさん？　それ、どういう意味……」

「〝さん〟付けなし！」

「はい」

「これからはボクをヴィーデって呼びすてすること！　好き勝手ボクに命令すること！」

「はい」

「これからボクは、嫌だったら嫌だってはっきり言うからね！　間違ってても気にしないからね！　エイヤだって、そうしてきたんだろう？　だから、ボクもエイヤに従うんだ……！」

満面の笑みだった。もうサイッコーにキラキラ輝いてる。

もう、誰かの言うことを聞くだけの、おどおどしてるだけの自分じゃない。

踏み出したら、なにか壊してしまわないか怖がってるだけの自分じゃない。

そういうことを自覚したってやつって感じだ。やっぱ、こいつの理解力とんでもないわ。

そして、女ってのはすげえ、って思った。あと、魔物で魔神だって思った。

だって、一〇〇〇年の孤独に耐えきってるんですよ。しかも、他人の運命をめちゃくちゃにするかもしれない、そんな責任まで自覚したってことですよ。たとえうまくいかなくても。

決心とかじゃなく……心が理解した、納得した。つまり、覚悟を決めたってやつだ。

それが、俺みたいなクソ野郎に心底惚れ込んで、すべて預けるって言ってくれたんだぜ？

……マジで惚れそうじゃん、こんなの。

どう見たって、こんなクソ野郎には過ぎた、いい女すぎるんですけど。

そして、操れないってだけで、俺のことを過大評価してないかすげえ心配になる。もう少しマトモな相手と出会いがありゃなあって、そう思うぞ？


しかし、領主はどう攻めてくるつもりかね。

回復ポーションによるゴリ押しには限度が出やすい。

ぶっちゃけ回復しようがなにしようが、罠ってのは痛いし怖いんだよ。

なにせ、敵と違って勇気振り絞るためのわかりやすい相手がいないし、罠ってのはある意味、ヘマであり失敗だからな。

つまり、罠にかかるってのは、頑張って前に進んでるのにダメなやつ扱いされかねないし、無駄に経費かけることになるわ痛いわケガするわで、なんにもいいことがない。

あんな人のいい真面目な部隊長が関わってるならなおさらだろう、部下が嫌がったら無理に進めなくなるに違いない。実際それで足踏みしてたわけだし。

だからこそ俺に頼み込んだってのに、変に信用しきれてないせいで余計ややこしくしてやがる。

人間不信で金しか信じないやつってのは世知辛い。

そんなヤツが願いを叶えてもらうって、なにを望んでるんだか。

まあ、こっちは準備万端だぜ？

# ０２７：ヴィーデの内心

……ああもう、エイヤはなにもわかってない。

自分がどれだけすごくて、普通じゃたどり着かないようなすごいコトを言って、ボクをこんなに震えさせる言葉を紡ぎ出すっていうだけで、それがどんなに素晴らしいことなのか。

賢者の塔や大神官でさえ、いやそういう立場だからこそ、欲にとらわれてボクを利用しようとしたくらいなのに。

誰だって、運命を操れるなんてわかったら「操られたくないか、利用したいか」の二択しかない。ボクは、それ以外の対応なんてされたことがない。

そう思わせないようにだって出来なくはないけど、そんなのは、ボクが操った運命でしかない。世界は、操られてボクの思い通りになることが多すぎる。

あの古竜のゴルガッシュでさえ、ボクと一定の距離を置くっていう選択をしたくらいだ。

「魔神のお前と対等に付き合うには修業がいる、どうすればいいかくらいは教えてくれるだろう？」そう言って、迷宮の守護者として盟約を受けてしまった。

なのにエイヤは、そんなボクを特別扱いしないどころか、まるで普通の女の子かなんかのように扱ってくるし、ゴルガッシュにさえ気に入られるし。

きっと、彼にとっては、ボクもゴルガッシュも知り合いや友人っていう感覚なんだろう。すごいことだと思う。わかっていてもなかなか出来ない例なんて、たくさん知ってる。

だいたい、ボクの一〇〇〇年の悩みを、ちょっとした相談事のようにさくさくと解決していくってだけでも、だいぶおかしいのに。

あまつさえ「運命なんて誰だって操ってるし、ボクなんかでも、人よりちょっとだけ出来る程度」だって言うし。それどころか、ボクのほうが運命に振り回されてるなんて言ってきた。

ボクが運命に囚われてる、とか指摘されるなんて、大賢者もびっくりだよ……。

そんなこと言われたら、本当にボクはただの使い魔になるしかないじゃないか。なんでも自由になる運命なんてものを従えておきながら、まるで普通の仲間のように扱うなんて！

心からわかってしまったら、そんなの、どうしようもなく従うしかない。

ああ……ああ……本当におかしくなってしまいそうだよ。

ボクはこんな自分になるなんて知らなかったし、知らないことがこんなにあるなんて、人間なんかにここまで教わるなんて思わなかった。こんなに普通が尊いなんて知らなかった。

だってボク、魔神だよ？　悪魔とか神とか、それこそいろいろ言われてきたっていうのに。

そんなボクが、唯一操れないキミを一〇〇〇年待ち続けて、実際にそれが叶ってみれば、どうだ。

ボクでさえ出来ないようなことを、当たり前のようにやってのけるじゃないか。

運命なんて、なんでも操って思い通りだなんて偉そうに思ってた、キミと出会う前の自分が恥ずかしいよ。

……どうしたらいいんだい、エイヤ。

ただ、キミの数十年の運命を眺めていられるだけだって最高だったのに。

ボクは、キミの運命のことなんて関係なく、ずっと契約したいよ。

# 028：領主到着

「も、申し訳ありません、領主様！」

「……それで、この有様というわけか」

例の野盗もどきを追い、部隊を引き連れてやっとダンジョンにたどり着いてみれば、入口はさんざんな状態だった。

領主用に用意させた野営セットは焼かれているし、賊の侵入も許している。

ハッキリ言って、衛兵たちの仕事が正常に行われていたとは言いがたい状態にある。

だが、ココで衛兵長や部下を強い言葉で叱ることに意味はない。声を荒げて責める必要はない。

わかることは……これは、私の予想が大幅に間違っていたということだ。

私の兵はどこまで行っても二流。

つまりは、本物の一流を相手にするとココまで違うのかということでもある。

ひとつ間違えただけでこれほどの差になるから、一流ということだ。ダテにソロで探索などやっていない、ということの証拠でもある。

所詮、盗賊ギルドなど、スラムの連中と思って侮っていた。

いや、侮っていたわけではないから依頼したのだが、それでもココまでとは思っていなかった。

これでは、国家レベルの隠密陽動の出来るような諜報員と変わらないではないか。認識を大幅に改める必要がある。

「良い。いや、良くはないしたしかに失態ではあるが、これは私の落ち度でもある」

「いえ、私どもの不徳の致すところです、まことに申し訳ありません……」

深々と衛兵長は頭を下げてくる。

だが、むしろ彼はよくやっていると思う。

「気にするな。過ぎた仕事だと気づかなかった私が悪いのだ。むしろ、よく報告してくれた」

通常、こんな大失態でもすれば己の失態を隠すために、大きく話を盛るものだ。

だが、この男は己の首をかけてまで、正直に「賊は一人から数名」だと話してくれた。

しかも、相手の数が明確に把握出来なかったにもかかわらず、可能な限り正確に伝えようとして、だ。

『正直さと忠義』……これればかりは金で買うことが出来ない。

こんな衛兵長を愚直と呼ぶ者がいるかもしれないが、これは得難い才能でもある。

しかもバカ正直ではない。おそらくは自身が、部下の失態まで責任を取る覚悟を決めておる上での報告だ……さりとて、賞罰は明確にせねばならない。

「衛兵長よ、ご苦労だった、よく耐えてくれた。だが失態は失態、衛兵長の任を解く」

「……はっ、当然の沙汰であります。今回の不始末は私の責任でありますので」

強い男だ、こうなることは理解していたのだろう。

ためらいがちにだが、自分の人生の岐路を実感している。罰は受けねばならない……だが。

「うむ。代わりに、領主直属の親衛隊に入れ。この失敗をひとつの言い訳もなく、自暴自棄にもならず、私と後続のために報告出来る忠義には見上げたものがある」

「っ……!!」

「これだけの失態にもかかわらず、己の身可愛さに保身やごまかしなどをしない。そんな者には、罰と同時に報いるのが領主の務めであろう」

「はっ……ありがたき幸せ………謹んで拝任いたします！」

顔を真っ赤にし、目には涙が潤んでいる。

このような男が金で買えるなら安い。これは生涯、私を裏切らぬであろう。

「最初の任務だ。疲れた衛兵たちをただちに街に帰し、平時の任に戻せ。まずは慣れない遠出の任務をねぎらってやれ。そして私が戻るまで待機だ、よいな？」

「はっ!!」

善い男だ。有能ではないかもしれんが。

そして、私は働きには報いる君主でいる必要がある。そうすれば部下は勝手に金と評判を私に届けてくれる。世の中とはそういうものだ。

だが、スラムの連中は違う。

金を生まないばかりか奪っていき、面倒を見てやれば依存する。勝手な都合で文句だけは言う、なにもせずに欲しがるだけのおめでたい存在だ。

それは義務を果たしたものだけに許される権利であって。

だいたい、住める場所だけなら与えてやっている、とやかく言われる筋合いはない。街の中である以上、土地でさえ本来はタダではないのだ。城壁で囲うには費用がかかるのだ。

モノは、欲しければ買うべきであり自己責任だろう。税も払わず、忠義も信用もないような、半ば臣民でないものにまで生きる権利をくれてやっている以上、十分な対応と言えよう。感謝してほしいぐらいだ。

そんな、マトモに生活も自治も出来ないようなスラムの連中をかろうじてまとめているのが、盗賊《スカウト》ギルドという存在ではある、だが……これもまた、所詮は街のギャングや、チンピラ崩れの集合体でしかない。

他の街と違って、斥候ギルドと呼ばれていないワケはそこにある。盗賊ギルドはもともとスラム出身で構成されており、犯罪者の集まりなのだ。

だから、冒険者ギルドとは契約関係にあっても、直接の下部組織でも系列組織でもない。申請が通らず、他のギルドと違って冒険者のランク制度にも関われないような連中だ。

今回は、冒険者ギルドに依頼出来ない依頼である以上、仕方なく使ったのだが、まさか、あんな連中に本物の一流がいるとは思わなかった。

それでも、やはり盗賊でしかない。契約もマトモにこなさず、逆に条件をつけてくる始末。

裏切り者には厳罰を。それが社会のルールだ。

「では、これより【宿願の迷宮】におけるダンジョン踏破を開始する！」

「「はっ！」」

洞窟前に響く良い返事だ。訓練が行き届いている証拠と言えよう。

兵士長を始めとした、総勢一〇〇名からなる我がダンジョン攻略部隊には、元冒険者の連中も多く在籍する。

必ずや、例の盗賊を追い詰めてくれようぞ。

# ０２９：ダンジョン籠城戦・序盤

洞窟の中にまで大声が響いてくる。

ってことは、領主様がおいでなさったってコトですかね。

子爵様ともあろう御方が直々に、ってのもなんかすげえよな。どうでもいいけど。

しかし、わざわざ知らせるってのも間抜けっぽいが、まあ、威圧や鼓舞の意味合いもあるんだろうな。直属の兵隊とかならわからなくもないし、俺をコケにしたいのかもしれない。

ぶっちゃけ、こっちはそういうの慣れてるけども。

だって俺、ああいうまともな連中に言わせると、ロクでもないクソ野郎だからな。

まあ、こっちもお出迎えしますか。

「ヴィーデ、そっちはＯＫか？」

「いつでも問題ないよ……楽しみだね！」

すっかりやる気になったヴィーデ。

いや、こう、あまりこういう荒事を楽しまれても困るんだが、やる気になった女ってのはいろいろ怖いのかもしれない。

可愛いからって、許す俺もクズなんだが。

「まあ、楽しむのは終わった後な。こう、争いってのはあんまり楽しいとヤバイ」

「そうなのかい？」

「そうだよ、趣味ならいいんだけどな。あまり楽しいと、そればかり優先しちまうんだよ」

んで、気がついたらバトルジャンキーなりスリル中毒者なりの出来上がりだ。

戦いの高揚ってのは大事なもんだが、染まっちまうと、だいたいロクなことにならない。

そうなりたくてなったなら自己責任だが、気がついたらなってたってのはトラブルの種でしかない。俺がガキの頃は、そういう傭兵くずれが溢れてたんで、まあひどかったたし。

「なるほど、戦いや争いはそういうモノが引き起こす例も多いから気をつけないとね」

「そんでも、こうやって準備しないといけないのが世知辛いけどな」

なーんて感じで、笑い合いつつ。

別に油断してたわけじゃないとはいえ、それなりに楽観的だったんですけども。

「……うおおお、あいつらすげえこと考えやがる！　マジか!?」

「うん、こうなるのは知ってたけど、実際に見るとすごいね……」

領主のヤロウ、洞窟にとんでもない人数ぶちこんできやがった。

もう、ダンジョン探索なんてモノじゃなく、ガチの制圧に来やがったってワケだ。

おまけに、1列横隊で長物で床を突きながら罠の確認をしてやがる。あの感じからすると元冒険者も混ざってるぽいな。

ダンジョン踏破としちゃ頭おかしい方法ではあるが、ある意味正解だ。

人海戦術の上に長物で床を突きながら、いざとなったら後ろのやつがカバーに入れる助け合いってのは、進みは遅いが確実で、ケガも少ないし突出もしない。

もし、あれで休憩や順番制でも取り入れてりゃ、危険度も公平で不満も起こりにくい。

試練を目的とした迷宮だけに命の危険まではないと踏んでの強行突破だ。ゴルガッシュなんかはああいうの嫌いそうな気もするが、アリっちゃアリだし、各個撃破なんかやらせねえよってか。

「これは、どうすっかね」

「ふふ……どうにでも出来るのに、そういう態度もどうかと思うなあ。ボクは」

すべてを見透かしたヴィーデが辛辣なことを嬉しそうに言ってくる。さては、いままでは結果しか見てこなかったくせに、運命を細かく読んだってやつか？

たぶん、変に気負わなくなったら過程が気になりだしたんだな、いい傾向だ。

「そう言うなよ。せっかく考えたんだし」

「まあ、すごいことを考えるのはエイヤも一緒だからね……」

そりゃなあ。

あの方法は悪くはないんだが、いくつか成立条件があるからな。

俺から全部は対応出来ないにしろ、あの人数ならそこそこどうにかなるってモンだ。

＊＊＊

「領主様に報告します。ケガ人もほとんどなく、現状は第一層を八割ほど攻略したようです」

五度目の部下の定時連絡を、洞窟前の本陣で聞く。

領主の私が動くのは最後でいい。二層終盤くらいまではこうして地道にすりつぶしていくだけだ。

いくら相手が優れていても、世の中には限度というものがある。迷宮と言えど、モノには対象人数というものがある。

なら、音を上げるまで力ずくで行えばいい。個の力でなく集団の力に頼ればいい。

人間とは弱い生き物であり、集団で活動することが最強の手段なのだから。

冒険者どもはこうした協力が出来ないというだけで、かなり損をしているし、ギャンブル性が高く、腕の良し悪しに頼りすぎていると言える。

雑多なヨゴレ仕事を任せるには向いているが、所詮はニッチ需要でしかない。

通常、相応の見返りがなく、街から離れていることも多いためにコスト割れするだけのこと。

だが、私が来るような場所であればそうでもないことが証明されつつある。

一見、こうした数押しは無能のゴリ押しにも見えるだろうが、安全で確実であればしない手はない。

現に、あれだけ苦労した攻略が、たった数時間で最初の層をクリア出来そうな気配だ。

このまま行けば、今日中には最奥までたどり着く。

そもそも、死ぬ危険性の薄い洞窟で、罠を恐れて歩みを止めることこそ愚か。

丁寧に攻略し、安全を確保してこその制覇と言えるのではなかろうか。

……そう思っていたときだった。

「敵襲ーッ!!」

洞窟の中から、絶叫とともに大急ぎで伝令が走り出してきた。

かなり慌てている様子から、緊急の用件だとすぐわかる。

「なにごとだ!」

「報告します！　洞窟内に急激に煙が充満しておりますので即時撤退の指示を！」

「む……どういう意味だ？」

「どうもこうもないです、大量の煙で先が見えず撤収しかありません！　このままでは全員が煙を吸ってぶっ倒れます！　それどころか先の連中が帰ってこられなくなります！」

クソッ、やってくれたな！

だが、どうしようもない。この人数で右往左往させるような愚は犯せない。

「……撤退だ。即時撤退、後方で無事な者は前方の連中を救助にあたれ。支援班は人数確認と傷病人の保護を最優先で。だが、無理はするな」

「はっ、ただちに！」

伝令が洞窟に戻っていくと同時に、中から煙があふれ出してきた。

ダンジョンは空気が淀んでいることは少ないため、煙が出てくるほどとなると、かなりの煙の量と言える。

たしかに、このダンジョンは下方に向かっている。つまり大量の煙を焚けば、下層は無事でも上層はそうもいかないということだ……！

そして第一層の攻略が八割ということは、隊はだいぶ伸び切った状態でもある。

連絡も取りづらく、視界もなく、指示が遅れれば……分断、各個撃破の的ということ。

おそらく、追いすぎれば被害が増すだけだろう。

「深く喰いつけば、戻るのは容易ではない……」

自省してみるが、ダンジョンで派手に煙を出すなど、およそ正気の考えではない。

ひとつ間違えば、自身も煙に巻かれ脱出出来なくなったり吸い込んで倒れたりするのだ。

洞窟において煙で充満させるなどと言ったことは、通常ありえない。

しかもこの方法は、安全さに慣れてきたというところで「ダンジョンの怖さ」を再び植え付けるのに最適だ。

最悪を想定するなら……煙とともに罠が復活する可能性もあるのだから。

恐怖というのは、なにが起こるかわからないから恐ろしく思うのだ。そしてこれは、ダンジョンの常識から外れた戦法でもある。

読めないようなわからないことを実行され、人数という安心感を奪われたとも言えよう。

さらに言えば、もしこのために準備をしていたなら、長期化する可能性まである。

「本当に、この人数を相手にするつもりか……スラムの盗賊ごときが」

まさか、相手は超一流のエキスパートだとでもいうのか。

それでも、やるべきことはやるしかない……嫌な感覚が汗になって背筋を伝う。

だが、苛立ってみたところでなにが変わるわけでもない。

先手を打ったつもりが後手に回らされた。これでは人海戦術そのものが半ば失敗したと言っていい。苦しくなるのは私の事情でしかない。

だと言うのに。こうなってしまえば、私に出来ることは部下の無事を祈るだけだ。

そして。

……結局、攻略班八〇名のうち、二四人が戻ってこなかった。

# ０３０：ダンジョン籠城戦・序盤の戦果

やーうまく行った。足場が不安定な洞窟で大量の煙は視覚奪うし効果高いね！

それはいいんだが、うまく行きすぎだコレ。

「さすがに人数多すぎだろ！」

「そうだねえ、この人数を並べておくだけでもなかなか大変だよ」

部屋に連れ込んだ敵の数、二四人。

だいたい半分はすっ転んだり壁にぶつかったケガ人、あと半分は煙の吸いすぎ。

どう見ても、連れ込んで縛るだけで大仕事すぎだってーの。こっちの人数も考えて欲しい。

そりゃあ、慣れない洞窟ダンジョンで煙に巻かれて右も左も見えないってのに、大人数でバタバタすりゃぶつかるし転ぶんだから、あんな濃い煙が出た時点で早く退けってーの。

なんのための元冒険者連中だよ、俺の仕事まで増やすなってーの。

いくら視界がない場所で自由に動けるったって、そのへんに転がってる人間を運んでくるの、結構大変なんだぜ？　二〇人超えなんてすげえ重労働だよ、まったく。

「ゴホッ、ゴホ……ッ、んぅ……た、たすかった……のか？」

ヒゲ面のおっさんが、動けないながらも煙からとりあえず復帰したらしい。

煙のこない第二層に置いとけば、他の連中もそのうち意識取り戻すだろ。くるぶしと後ろ手に親指縛っときゃ、応急にはそれで十分だし。

「とりあえずは一段落ご苦労さんってやつだな。あんま暴れんなよ？」

「ッ……貴様は！」

いや激昂されても困るし。

「あー、待て待て。煙に巻かれて動けない連中や転んでケガした連中をこっちで保護してんだよ。命の恩人ってやつだ。言っておくが、あのまま煙で死んでても文句言えないんだぜ？」

「……あ、ああ。そうだな、すまない」

立場には納得してくれたようだ。別にあのまま放置して煙で死んでも俺の責任じゃないんで、感謝して欲しい。

「そっちも仕事なんだろうが、こっちも契約を適当にされた挙句、だいぶ無茶されてっからな。まあ、こっちは人数もいないし、あんまり面倒見れないのは勘弁な？」

「いや……たしかにお前の立場ならそうするしかない、気にするな」

部屋の収容人数を把握したのか、おっさんは興奮気味ではあるものの、理解そのものはしてくれたようだ。

でも、俺を見ながらヴィーデをちらちら見るのやめてほしい。

……あんな超絶美少女、気になるのわかるけど！　俺でも気にするけど！

「そんじゃ、一方的ですまんが、話くらいは出来る状況ってことでいいかな？」

「うむ。こうなっては出来ることもない。出来たとしても、いまやるべきではないしな」

「ありがたい、そう判断してもらえるのは助かるぜ」

ぶっちゃけ、頭悪いやつだと、ココでムダに体力消費するようなこと繰り返すからな。

互いに情報欲してんだから、まずは情報集めのタイミングだってわかる相手なら話が早い。

「では……そちらの言い分を聞かせてもらってもよろしいか？」

「構わねえよ。おたくらの親玉が、なんか隠し事して依頼してきたんだわ。それってぶっちゃけ、ほぼ違反契約じゃん？　で、それもみ消すかなんかでこんだけ大掛かりなことやってるんで、ちょい待ちやがれってだけなんだよ。ムダに話をデカくしやがって……」

俺の言い分としてはそんだけだ。

半ば仕返しにダンジョン踏破の権利は俺がかっさらったけどな！

でも実際、踏破するなとも言われてないし。その部分の特定要項もないから、発見したものは俺のモノだし。そもそも、隠し事だらけであの舐められた適当依頼はないわー。

だいたい試練目的のダンジョンなのに、こんなクソ攻略してりゃあ、踏破したってドラゴンジョークでぶっ飛ばされるっての……。

「……それは、事実か？」

「事実もなにも、先遣隊に話聞けよ。あいつら、冒険者でもない衛兵なのに、回復ポーションだけ与えられて、罠だらけのダンジョン踏破しろって言われて困ってたハズだぜ」

「まさか、あの御方がそのようなことは……」

ん？　なんか事実が重くてショックみたいだな。

ってことは、こりゃ外面はともかく面倒見はいいんだな。いいネタもらった。

「そっちの内情は知らん。俺は単独での探索専門だから、それで面倒が回ってきたんだろ。領主のヤロウ、そこそこやり手かもしれんが、探索は疎いみたいだし」

「……」

そのまま考え込んでしまった。

おっさんにも思うところはあるんだろうが、俺にはどうしようもない。

ぶっちゃけ、専門のサポート系魔術師でも呼んでこなけりゃ解決しない状態になっちまったが、御用聞きの魔術師とかに知られてもマズイのか、連れてきてねえ感じだもんな。

だって、そういうのがいればさっさと煙なんか吹き飛ばすだろうし。

それならそれで、足場を好き放題荒らしてみたりとかするんですけども。

まだ数十人は十分に相手出来るだけの罠も場所もたっぷりあるからね。

「どう思ってくれてもいいが、俺としてはだいたいそんなトコだ。領主様とやらは、おそらく金勘定やコスト計算が得意だろうから、お前さん方の人質交渉には応じてくれそうだしな」

「あの方は優秀で面倒見もいいが、我々程度の人質で話に応じるかどうか……」

ずいぶんと信頼されてる領主様じゃねえか。

こりゃ徹底的に上下関係と規則を叩き込まれた上で、身内の面倒見そのものはいいってやつで確定だな。

「安心しろ。すげえ商人的でもあるけどさあ。あの手のやつはメンツ第一だから絶対に応じる。部下の前で部下を裏切るなんてコトはしねえよ」

「……そういうものか」

「そういうもんだ、普段から賞罰はちゃんとしてもらえてんだろ？」

ヒゲおっさんは、がっくりとうなだれつつも、俺の言葉を噛みしめるように肯定する。

メンツもそうだが領主のヤツは金勘定第一だ、二四人が帰ってくるなら人的コストが合うんだよ。

どうも聞く限り、領主のクソ野郎は思ったより優秀っぽいが、どうにも元商人のクセが抜けねえってのはわかった。

物事の基準が、とにかく効率と金すぎるってやつだ。

今回みたいなピンポイントな事例ではどうしていいかわからねえが、集団や交渉に対して威力を発揮するタイプだ。冒険者とかマトモに信用してねえんだろうな。

つまり、スラムや、そこ出身の俺は効率最悪だから無視されるってことだ、くそったれ。

「……ところで、その。つかぬことを質問してもよろしいか？」

おっさんは、なんとか自分でそれなりに気を取り直して聞いてくる。

こっちも、とくに恨みとかあるわけでもないので聞いてやる。

「なんでも聞きな。領主とは喧嘩してるが、おっさんと仲違いしたいわけじゃねえし」

「その……こんな場所に似つかわしくなさそうな女性は一体？」

「……え、ボク？　いやあのそのええと」

いきなり話を振られたヴィーデが妙に慌てだす。

コイツが慌てるってのもなんか珍しいな、振られることくらいはとっくに知ってそうな気もするんだが。

なんにしても、こんな場所に超絶美少女がいたら気になるのはわかる。そういう運命だ。

「あれな、運命の女神様だよ。たまに面倒事持ってきたりもするけど」

俺の二六年とかそういう。

一〇〇〇年と比べてみりゃちっぽけかもしれんが、当事者としては嬉しいもんでもない。

まあ、それはそれで、なんかいいことにつながってるといいなって思うだけだが。

「女神……まあ、それはそれとして、見た感じそれほどの高貴な方が、こんな場所で危険はないので？」

おっさんには、ヴィーデがドコかの貴族令嬢みたいな認識で流された。おのれ。

そりゃ、運命を操るようなやつがそのへんウロウロしてると思わねえからしかたないけど。

「女神様は大変に素晴らしい御方なんでな、そういうのは困らねえんだよ」

他人《うんめい》とかお金《うんめい》とか出来事《うんめい》とか操れるようなやつが困ったことにはならねえと思うし、そもそも、どこ行っても大事にされそうだし。

「あああいやその女神だなんてボクはええとなんていうかそんなんじゃなくて」

……とか思ってたら本人はすごく困ってた。

あー、なんか慌ててたのは、コレがわかってたからだな。

うん。面白いから、女神様はこのまましばらく放っておこう。

# 031：ダンジョン籠城戦・中盤

朝。

こちらの最大の利点は、ヴィーデがいることだ。

なにせ、籠城戦だってのに外の情報がわかる。こいつが攻めてこないと言ったら攻めてこないので、見張りの必要がない。おかげで非常にぐっすり眠れる。

籠城戦で一番キツイ「時間と体力の問題」が解決されてるんだから、これ以上頼るってのは申し訳ない。

まあ、敵さんのほうも、あれだけひどいことになると、中途半端に頭を使うボスのせいで余計に身動き取れないのはわかってるんですけどね。

そりゃあ「罠だらけの洞窟なのに、いつ煙が出て動けなくなるかわからない」なんて、誰だって入りたくないに決まってるし、そんな状態にした責任者の言うことには従いたくない。

で、領主がタダのクソ野郎でないなら、なんか別の手を打ってくるわけで。

それなら、弱ったと思うところに先手で交渉を仕掛けるってのが、世の中の定番だ。

「さーて、こんだけ捕虜いたらこっちもめんどくさいし、やることやりますかー」

「よく、ボクに頼らないまま、あんな人数を相手しようと思うよね」

ヴィーデが感心したようにつぶやく。

組織とか相手にするときは、逃げるか立てこもるしかないから、やること決まってるんですよ。そういう意味ではダンジョンってのは分岐はあっても、ほぼ一本道だ。守る側にとっては大変ありがたい。

「いや、すでにありがたすぎるくらいお世話になってるよ、だって寝られるし」

「そ、そういうものなのかい？」

「そうそう。ヴィーデはそこで黙って笑っててくれればそれでいいから」

「こ、こう？　こんな感じ？　これでいいの？」

えええそんなんでいいの？　って感じのヴィーデが超可愛いが、実際そうだから仕方ない。

籠城戦なんて、少しずつ連続で攻略されてこっちが寝られないってのが一番厄介なんだし。あの人数と物量を使って、交代しながら丁寧に時間をかけてじわじわ攻略されたらたまったもんじゃない。

されたらされたで、こっちもえげつなく恐怖と後悔でじわじわ精神削っていくんですけども。

だからって六人パーティを二時間おきに一〇回撃退しても、向こうはまだまだ元気で余裕たっぷりなのに、こっちは丸一日働いた計算だからな。

それでも、一定時間耐えきったら、こっちの勝ちになる予定なんだけどね。

「さて、じゃあここでおっさんに伝令だ。よろしく頼みますわ」

「ほ、本当に、我々全員を相手するつもりなのか？」

まさか、本当にこんなことになると思ってなかったぽいので、おっさんはガチでビビってる。こんだけ人数かけて地道に攻略していきゃ、普通は、ダンジョンのソロ冒険者なんて簡単にすりつぶせると思うもんな。

ふざけんなっての。

こっちは今まで、いろんなやつにひどい目にあわされて、それで人生横取りされてきたんですよ。

「決まってんだろ。勝ち目がなきゃ勝負する意味ないじゃん」

「い、いまだったらまだ、私がひとことぐらいは……」

「無理でしょ、もう領主の立場なんてとっくに丸潰れじゃんよ。わかりやすい成果がないと退くことすら出来ねえって」

ヒゲのおっさんには政治がわからぬ。

なのでそういった駆け引きは理解出来ないらしいが、どのグループでも絶対のお約束ってのがあってな。

スラムだろうが貴族だろうが、グループのボスってヤツは、一度でもみんなの見てる前で殴られたら【相手に落とし前をつける】必要がある。なぜって、力を示せないヤツは、立場と資格を失うからだ。

スラム出の盗賊野郎ごときに翻弄されたままじゃ、立つ瀬もない。

「じゃ、向こうもびっくりするかもしれねえけど、伝言とかよろしくな！」

目隠しとさるぐつわをして、そのまま「いーち、にーい、さーん」と、ぐるぐる回す。

このまま担いで運んで、出口がわかりそうな適当な場所に置いてくれれば終了。

あとはおっさんが地道に頑張ってくれれば、適度にロープが緩んで、勝手にコトが進んでくれるって寸法だ。上手くいけば、これでいい感じに済むんじゃねえかしら。

いやー便利便利。

＊＊＊

「伝令――――ッ！　領主様に伝令ーッ!!」

兵士のほうが騒がしくなり、あたりがざわついている。

「早朝から、一体なにがあった」

「生存者が、なんと、敵からの言伝を携えて帰ってまいりました！」

「なんだと？」

ぐぬぅ、いまいましい。

兵士たちの精神的回復を待って昼頃から動く予定を立てていたのが、相手が先手を打ってきおった。これでは後手に動かざるを得ないではないか。

「それで、どういった内容だ」

「こちらになります」

「なに、手紙だと？」

おどろいたコトに書面だ。さっそく開封して読んでみる。

【ミルトアーデン領主　ボンテール子爵閣下

拝啓

このたびの攻略戦において、大変ご健勝のことと思われますが、いかがお過ごしでしょうか？

失礼ながら、火急の用件のため、挨拶も早々に本題に入らせてもらいます。

こちらは現在、そちらの捕虜について全員の無事を確認しております。

このまま撤退なされるのであれば、命は保証します。ですが、攻略を続けるのであれば、捕虜の命はさだかではありませんし、残念ながら、今後も犠牲者は増え続けると思います。

閣下にも退けない理由がおありのようですが、兵士たちはどう思うでしょうね。

立場ある方や皆様方、ともに大変なご苦労があるかと申します。

こちらは大変恐縮ですが、ご期待に添いかねますこと、心よりお詫び申し上げます。

次の予定を楽しみにしております。

では、領主様閣下一同、お体を大事になさってください。

敬具

スラム出身でどうしようもない盗賊野郎より

追伸
スラム出身だからって、他人様をなめんじゃねえよバーカバーカ】

「ぐッ……ぬ……!!」

「い、いかがされましたか!?」

「いや、なんでもない。あまりに失礼な内容だっただけだ」

思わず声が出るほどに、これ以上ない、慇懃無礼かつ失礼極まりない手紙だ。

こちらに都合があり、交渉の余地など一切ないことを見切っていて、この内容。

捕虜について、こちらが譲歩出来ないのをわかっているクセに容赦がない。

しかもだ。

スラム出身で、ちゃんとした読み書きが出来る。どこかで文字を覚えたのだ。

それだけでも驚きなのだが、あの盗賊は「まともな手紙の書き方を知っている」ということだ。

冒険者の中でも、魔術師や僧侶でなければ、そうした知識などないはず。

つまり。それだけ学も知識もあって頭の回る人物が、いきあたりばったりではなく「本当に我々一〇〇人を相手にして勝算がある」ということになる。これはそういうところまで読ませる挑発だ。

「……なぜだ」

疑問は尽きない。

脅しにもひるまない。力押しも通じない。それどころか先手を打たれていいようにされている。

ただのスラム上がりの盗賊に、この私を含め、一〇〇人が赤子のように扱われている。

これでは、まるで相手のほうが格上ではないか。

断じて認めることは出来ない。もし、たとえそうであったとしても、だ。

これだけは、なにがあろうと譲ることは出来ない。であるなら、すべきことはひとつしかない。

「全員を集めろ……今後の方針を伝える！」

そこまでの相手ならば、こちらも覚悟を決めねばならない。

もとより個人的な都合なのだ。

「私は……これより個人パーティを組んでこの試練に挑む！　名前を挙げられたものは私とパーティを組むことになる。他の者に関しては、残りたい者だけココに残ってくれればよい。このような主で良ければ、だが」

「な、なんですと！　領主様が御自ら!?」

部下が驚くが、仕方がない。

たとえあの手紙が完全なハッタリだとしても、部下が死ぬとわかっていて兵を動かすわけにはいかぬ。

小細工をしようにも、生き証人がいる以上、手紙の内容が兵士たちに漏れるに決まっている。そうなれば、もともとの失策が我が責任である以上、ただの暴君として扱われる可能性まである。

「そうだ。そういう手紙の内容だ。悔しいが、これだけの犠牲が出ている以上、私の個人的な理由に、これ以上、大事な部下を付き合わせるわけにはいかん」

当然のことながら、施政者は自ら冒険などに出るべきではない。

若い頃は商人だったとはいえ、いまはその体力も衰えている。そもそも、単騎で出るべきではない。政治でもないのに。

無茶かもしれないのは十二分にわかっている。いや、もちろん無茶でしかない。

そんなことは最初から存在する問題で、いまさら考えるべきことでもない。

だが、ココで退くわけにも兵を動かすわけにもいかぬなら、これは誰かでなく、最初から私が対応すべき問題だったとも言える。

……その、本来あるべき状態に、この私が無理やりに引きずり出されたのだ。

立場にかかわらず、誰にも試練を与える。そういう場所だったことを私が知らなかっただけ。

なぜなら……ここは〝宿願の迷宮〟であり、踏破した者こそが願いを叶えられるべきだからだ。

「出るぞ、準備をせねばならん。だが、奴め……このままでは済まさんぞ、決してだ！」

# 032:ダンジョン籠城戦・終盤

領主となって以降、初めて潜るダンジョン……正直、もう冒険などしないものだと思っていた。この私が、どうしてこんなことになった。

手紙には、このまま攻略を続けるなとはあったが、自分で行くなとまでは書いていない。だから、現状の私が取れる手段としてはこれしかない。そう仕向けられた。

それに、それにだ。私は、「私の責任で部下を見殺しにした」領主にはなれなかった。部下を、使い捨ての道具のように思っていた、そのはずだった。

なのに、肝心なところではそう思えない。私は臆病なのだと知ってしまった。私がこんなにも弱い男だったことを実感させられるなど、断じて許しがたい。

「領主様！　ココは罠があるようです、後ろに下がってください！」

私をかばうために、部下たちが私を守る隊列を組む。

そして、一度は先遣隊が通った第一層の洞窟を、棒で突きながら確認しながら進む。こうしたダンジョンの罠は、一度解除しても、モノによっては時間で復活したりするからだ。

正直、このままでは、私は単なる足手まといでしかない。

……だというのに、私に出来るのは、部下たちにかばわれることだけだ。

たったひとりの盗賊などに、どうしてココまで追い込まれねばならぬのか。

「すまぬな、みんなには苦労をかける」

「いいえ、領主様あればこそですよ！」

「そうですよ。俺なんて、領主様がいなければ、タダの食い詰め者でしたからね」

「ふ。いまはたとえお世辞でも、そう言ってもらえるだけでありがたい」

部下たちが、私を気づかい、元気づけてくれる。

人など、金さえ出してやれば動く。そう思っていたし、実際そうしてきた。

だが、いまはどうだ。

金をくれてやっただけの、それも一流でもない部下たちに、こんなにも助けられている。私が励まされるような立場になっている。

「領主様、このまま行けば、おそらく夜には第二層までは行けるようです」

そして実際、部下たちはよくやってくれている。

しかも運よく、復活する罠も少ないらしく、歩みは遅いながらも着実に進んでいるようだった。

それも、煙が出なければのことだ。いまのところ煙に対する有効な対策はないので、どうなるか。

だんだんと自分が不甲斐なくなってくる。

「行けるところまで行ければ、そこで一度休みを取る。良いな?」

「はッ!」

自ら探索に向かうなどと息巻いてはみたが、たいした指示を出すことも出来ない。それがいまの私だ。部下に連れられているだけのお飾りである。

それでも……転んだり、四つん這いになったりしながら、なんとかまずは第二層まで来たのだが。

「領主様、捕虜は全員無事で、第二層すぐの部屋に全員おります! 武器も防具もすべて揃った状態であります!」

「なんだと?」

確かめてみればたしかに全員いる。しかも本当に装備類がまったく処分されていない。

これは一体どういうことだ!?

ともかく、捕まっていた者たちの面倒を見ながら話を聞く。

「ああ領主様ありがとうございます! 助かりました……一時はどうなることかと!」

目に涙を浮かべるほど、助かったことを喜ぶ部下だが、水も与えられていたらしく、思っていたより元気なようだ。

これなら、すぐにでも部隊に復帰出来そうなほどである。

「まずは無事でなによりだ。ヤツには、なにかされなかったか？」

「いえ、縛られ動けなくされた以外はなにも。むしろ、煙の中から救い出してくれたのはヤツなので」

「そうか……まあ、とにかく全員が無事であるならそれでよい」

こうやって部下の無事を喜びながら、その一方で、自分の責任が軽くなったことを喜んでいる自分が、どうしようもなくあさましい。しかも、私はなにも出来ていないのだ。

盗賊などに、こんな状況に追い込まれた自分がいまいましい。

領主ともあろう私がこんなことではダメだと思うのだが、感じてしまうことはどうしようもない。

「すまぬが、盗賊について、なにか情報はあるか？」

「その……【もし自分でココまで来たのなら、このまま第三層まで来い。自分で来たのでなければ引き返せ】と。ヤツはそう言っていました」

「なに？」

おかしい。

あれだけ頭の回る相手だ。全員助けておきながら、この対応はなにか意味があるはず。

しかも、諦めて戻れと言っていたのに、ココまで自分で来たなら攻略しろと言ってくる。

どちらにせよ、選択肢などない。

私に、戻る時間など残されてはいないのだから。

＊＊＊

こっちは、そんな連中の様子を見ながら、だいたいの行動を固めるわけなんですけども。

「これだけ見ててもまったく気づかないからなあ、嫌になるぜ」

さすがに気配ぐらいは殺してるとはいえ、かなり堂々と眺めてるのに、これっぽっちも気づかれないってのは張り合いがない。

まあ、そこに気づくようなら、第一層くらいではそもそも困らないのだけれども。

「ボクは、知ってても意外すぎて、エイヤの行動そのものに驚かされるよ……」

ヴィーデが感心したように言う。

「しょうがないじゃん。そうしないとあいつらここで死にまくるもん」

そうなのだ……当初の人員や攻め口ならともかく、この調子だと、放っておくと全滅する可能性まである。とくに第二層はこのままだと死ぬ、まず死ぬ。ありゃダメだ。

なので、連中が変に死なないように調整するのは俺の仕事なのだ。

もともと手紙を送ったのは、領主が焦って判断をミスするなり、怒ってブチ切れるなりするのを期待したわけですけども、効果ありすぎだろう。

あそこでとれる選択肢は、ざっくり考えてもそんなにないってのはあるけどさ。

まあ、帰るぐらいなら最初から来てないだろうから、それはないにしても、手紙の内容はハッタリだと言って、堂々と普通に攻略をするのが定番だ。

だいたい数名死んだとか殺したって書いてないんだから、脅しだって気づけよ。でなけりゃ、ブチ切れて人質奪回を叫んで強襲するってのがお約束だろうが。

なんで、そこでいきなり本人がやってくるとかいう変態ムーブかましてんだよこの領主。お前さん、別になんか役に立つわけでもないじゃん。人がいいってやつなのかね……大事なことがありそうなんで、気持ちはわかんなくもねえけどなあ。

だったら、スラム勢な俺らの気持ちも察してくださいって話ですよ。

自分の気持ちばかり優先で、その他はないがしろとかさ。どう考えてもわがままいっぱいの迷惑領主じゃん、やってらんないですよホント。

「エイヤは本当に優しいよねえ」

ヴィーデが、なんか年上の余裕をかましたような表情で見透かしたように言ってくる。

時々、こういうゾクっとする目で見てくるのにやられそうになるって俺も、本当にクソ野郎だと思う。

「そんなんじゃねえし。単に、自分に恥ずかしいことがしたくねえだけだからな……」

俺が後味悪いようにはしたくねえんですよ。それだけの生き方しかしてきてねえし、それしか出来ねえからな。

誇りまでなくしちまったら、本当にタダのクソ野郎だし。

「でも、ボクは、そういうエイヤが好きだよ？」

「……は？」

ヴィーデが、笑顔でとんでもない不意打ちをぶち込んできやがった。

こいつはナチュラルにこういうこと言いだすので、本当に油断がならない。

「だって、エイヤはいつも誰にも同じように接するじゃないか」

「あ、うん。そういうことか。そりゃそうだろ」

焦ったのバレてないよな、な？

それはともかく、誰にでも同じようになんて、そりゃしにくいけどするしかねえだろ。

別に立場は違ったって根っこは対等なんだからな。

「ゴルガッシュやボクに対して普通に接するとかなかなか出来ないよ」

「そうか？　みんな普通に付き合ってほしいなんて当たり前だし、誰だって変な目や自分の都合だけで上下関係とか見られたくないに決まってんじゃん。礼儀だよ礼儀」

とか言ってはみるものの、盗掘稼業やってるような俺の礼儀なんてのは、タダのクソ野郎が偉そうぶってるだけにしか見えねえと思うんだけどな。

「ふむ……なるほど礼儀なんだね。じゃあ、ボクも少し考えてみようかな」

「……ほどほどにな？」

こいつは笑ってさらっと言うけど、たぶんこういうやつの言う礼儀なんておっかねえに決まってる。

なにせ、運命は誰にだって等しく容赦ねえからな。

# 033:勝敗の行方

我々が第二層に入ってから、気が遠くなるくらいの時間が経ったろうか。

三〇人からなる大所帯にもかかわらず、完全に無事な部下などほとんどないと言っていい。

私でさえ幾度となく死を覚悟したし、落とし穴に落ちそうにもなった。なんども転んで、地べたをはいずって罠をかわし、領主ともあろうものが、どうしようもなくズタボロになった。

私は、こんな恐ろしい罠だらけのダンジョンに、得意がって気ままに部下を押し込んでいたのかと思うと、あらためてぞっとする。

「大丈夫か、みんなには苦労を掛けたな……もう少しだ」

「いえ、領主様が無事でさえあれば、我々は報われます！　大丈夫です！」

まだ新しい血がにじんだ、腕の包帯が痛々しい。私をかばったばかりについた傷だ。にもかかわらず、部下たちは気丈に接してくれる。

こんな私欲にまみれた愚かな領主に、部下たちはどうしてこんなにも優しく接してくれるのか。

このような無謀な行動、いつ見捨てられてもおかしくないというのに。

だが、それでも。

我々はついに第二層を攻略した、したのだ！

そう、第三層まで降り立った！　罠を越え、第二層踏破を成し遂げたのだ！

あのいまいましい盗賊めを、ついに追い詰めたともいえる。盗賊の報告書には、第三層は敵がいる部屋が一つだけとあった。

そして我々には、万全ではないにしろ、三〇人からの人数がいるのだ。

これであれば、どんなことがあろうと対応出来るというモノだ。

ここで私は高らかに宣言する。

「みんな、このような私によくついてきてくれた！　いや、むしろお前たちの働きがすべてであった！　感謝してもしきれぬが、まずは礼を言おうと思う」

「いえ、今の我々があるのは領主様のおかげであります。部下一同、領主様がお困りの時には我々がお助けする番であります！」

部下一同がその言葉にうなずく。

私はいつの間にこれだけ慕われていたというのか。ただ、金を出して、ごろつきまがいの二流の部下だと思って、いいように使っていただけの領主だったというのに。

……思わず涙ぐみそうになる。

「ありがとう、みんな……ありがとう！　だが、まだ終わったわけではない。これより敵の領域だ。

では、最終攻略を開始するぞ！」

「「「おおおおッ！」」」

部下たちの喚声が上がる。

私はてっきり、こんな金だけの関係、苦しくなれば裏切られるかもしれないとさえ思っていた。

見捨てられるかもしれないと思っていた。

それでも、私はここへ来なければならなかった、それだけだ。

それがどうだ。

こんなにも部下たちは私を慕ってくれているではないか。

私はこの声に応えなければならない、それが領主なのだから……だが。


ぱち、ぱち、ぱち。


喚声が収まったころ、拍手が響いた。

「やー、みなさまがた、ご苦労様。どうでしたダンジョン探索、歯ごたえありました？」

例の盗賊が、美人の女連れで現れたのだ。

それも、軽い口調で。やっとの思いで達成した我々を小馬鹿にするように。

＊＊＊

ズタボロで必死な領主様ご一行が、ガン首揃えて最終戦の準備してるところにお邪魔したわけだが。

まあ、みんなで一生懸命ってのはいいよね。

「……き、貴様、貴様はッ!!」

それはもう、領主様ともあろう御方が驚きと怒りとで顔を真っ赤にしている。うん、予想通りの塩対応だった。

当然といえば当然だが、兵士連中が全員警戒態勢になり、領主様を守る。

三〇人がかりで俺をいじめるのよくないと思う。

「貴様もなにも、アンタ俺の名前知ってるんでしょうが、ボンテール子爵閣下さんよ」

「ぐ……ぬぬ。だが黒鷲のエイヤよ、我々はついにここまでたどり着いたぞ。貴様の持っている迷宮の鍵となるアイテムを渡してもらおうか？」

領主様は、この人数を相手にするつもりか、とでも言いたげに、要求を迫ってくる。

勘違いしてるなあ。やっぱ勘違いするだろうなと思ってたけど。

「あー、達成感マックスなところすまんけどね。アンタら、たどり着いたんじゃねえんだよ。そうするようにしたの、俺が。全部アンタらに合わせて調整して、だ」

横のヴィーデがうんうんと俺の言葉にうなずくのが妙に可愛い。

「はぁ？　貴様、なにを言っている？　我々は……」

「お前らの腕じゃねえって言ってんの。俺が、間引きして、アンタらでも死なずにクリア出来るよう【よい子のやさしいダンジョン踏破初級編】として、罠を二割にしたって話だよ」

「な……ん、だと……!?」

領主だけでなく、兵士たちの間にもどよめきが起こる。

「そ、そのような世迷い言……」

領主がプライドを保とうと必死に話を引っ張るが、ぶった切る。

「たとえば第二層、落とし穴の通路、あそこで岩石ハンマー落ちてこなかっただろ？　隠し矢の通路、あそこの足場のくぼみ仕掛けもお前ら転びそうだから避けた。そこまでやったらお前ら誰か死ぬと思って加減したんだよ、わかるか？」

兵士たちには思い当たるフシがあるのか、ざわざわと混乱が起きている。

そりゃあ、あんだけ苦労してまだ二割って言われたらショックだしなあ。

まあ、こいつら運動能力ないわけじゃないが罠の知識がなさすぎる上に、領主様を守りながらだからな。

斥候がいない上に、保護しないといけないやつがいるパーティなんざ、こういう罠ダンジョンじゃどうしようもなさすぎる。

だが、領主様はめげないらしい。

「た、たとえそうであったとしても、それでも、貴様の誘いに応じて我々はここまで来たのだ。私は領主として、部下のためにも退くわけにはいかぬのだ！」

言うことだけは偉そうだし、マジでそういうつもりではあるんだろう。

だが、自分に都合のいいまま【つもり】で話されちゃこっちも困るんだよ。

「あー、ずいぶんと部下に慕われてる領主様なのはわかったけどな。だからって、スラム出だからって俺らを舐め腐ってもらっちゃ困るんですわ」

正直、領主があんな依頼を冒険者ギルドに出したら、あとでひどいことになりますからね。

「……なにが望みだ。この際、聞いてやろう。そしてアイテムを渡せ」

うわ、頭そこそこ回るくせに、まーだモノ目当ての盗賊だと思われてるの俺？

もしかしたら部下の手前、メンツがあるのかもしれねえけど。

「望みもなにも、テメエが俺に情報不十分な違反依頼よこしやがったからだろうが。だからわざわざこっちは、テメエに試練ってやつをお望み通り体験させてやったんだろうがよ！」

「……は？　貴様なにを言って……」

うわ、この領主、本当に俺がなにを言い出しているのか理解出来ないって顔だ。

このおっさん、マジでなにもわかってねえ。ヤバイ。

どういう場所なのか、思い出させてやんねえといけねえトコまで面倒見るのか……。

「ああもう……ここは！　【試練】と引き換えに！　【願いを叶える】迷宮だってわかって来てんだろうがッ!!」

「ぐ……む」

さすがに気づいたのか口ごもる。やっと思い出したかバカ領主め。

お前、そもそもそれわかってて、なんの腕も度胸もないのに自分で来るとかいう気になった、変態バカ野郎だろうが。バカならバカらしく大バカになれよ、恥ずかしい。

「だから、テメエがなんか【願い】があるってなら、叶えるために、テメエに【試練】を受けさせなきゃいけねえんだってての！」

「そ……それは……」

俺は目ざといからな。そういうのはそれなりにわかっちまうんですよ。

わかったら、見て見ぬフリなんてのもしたくないじゃん？

「絶対おかしいだろ、子爵様ともあろうものが、わざわざこんなトコまで必死すぎじゃねえかよ。こっちだってプロだからな、依頼受けたら裏の裏まで読みますぜ？」

「ぐ……ッ」

「領主様!!」

「いや……いい」

完全に言い負かされた領主が、心底悔しそうに、汗を流しながら俺を見る。

その様子を見た兵士が、見かねて心配そうに領主に声をかけるものの、それを領主が制す。

「すまぬ……ヤツの言うとおりなのだ……私には、譲れぬ願いがあってここまで来た」

少しのためらいのあと、観念したように、領主はがっくりと折れた。

ああよかった。マジなクソ領主ならここで逆上したりするもんだが、少し頭いい領主で本当によかった。

「まあそういうこった。俺の助けがあったって、試練をクリアしてマジ反省して、最後の試練を受けてもらってなら、ココの主の情状酌量もあるってもんだと思うんですよ」

なんか知らないけど大事なんでしょ、その願い。

「……っ、そうだ。私は、娘の不治の病を治したい。そのためにならなんでもする。私はその想いだけでここまで来た……！」

「り、領主様……まさか、そのような……大事なことを!?」

「すまぬな。これは、個人的なことだ……こんな、私だけの理由で、街を放って部下を働かせる私は、ダメな領主だと思っていたのだ……」

「いえ、むしろ、どうして話してくださらなかったのですか……！」

げ、重いやつ来た。

部下たちは感極まってマジ涙ぐんでる。なんかばつが悪いし、しばらく放っておこう。

まさかこの金満横暴領主から、こんなに個人的で普通で、しかもスルーしてたら後味の悪そうなやつが来ると思ってなかった。

さすがに、あまりに切実で純粋な願いすぎて申し訳なさがある。もし、完全にやり込めてたらと思うと、一生恨まれてたに違いないので、ちょっと冷や汗が出るくらいだ。

「……エイヤは本当に優しいよねえ」

そして、後ろを見れば、ヴィーデがなんか勝ち誇ったようにどや顔をしていた。

うん、すげえ負けた気がした。

# ０３４：最終試練

まあそんなこんなで領主とも仲直りしたんで、とりあえず全員で大広間の前でキャンプを張って、隊列と準備の再確認とかをきっちりさせた。

こういう現場の話がわかんねえ領主様は、話の外においておく。

「……まあ、最後はグレートケイブウルフ六匹だ、これは頑張ってもらうしかねえなあ」

「グ、グレートだと……!?　あんな魔獣を六匹も相手にするのか……！」

兵士たちが動揺するのも無理はない。

そりゃ、冒険者ギルドでもBランク指定だからな。兵士に元冒険者もいるとなれば、ランクは痛いほど知ってるはずだ。

しかも六匹。動物系は群れになればさらに強くなるってんで、名前だけでもうビビっちまってる。

うん、こいつら本当に戦闘は優秀そうだが、魔物狩りに慣れてねえのがすぐわかった。

放っておけば、なまじ普通の腕があるだけに深く突っ込んで事故る。重傷者か死人が出るに決まってるので、回復のポーションも少ない現状、そんなコトさせらんない。

「あー、違う違う。お前さんがたは五人でチーム組むの。相手するのは一匹ずつで六グループ。これを徹底する、そんだけだ」

「ほ、本当にそれで倒せるのか？」

「いけるいける、楽勝。そもそもお前ら、俺なんかよりずっと強いんだし、無茶さえしなければ全然いけるんだって」

半信半疑の連中に、とりあえず無理やりにでも自信を持ってもらう。俺、この連中と正面からやりあったら勝てねえのはマジだし、戦士ってのはそんぐらい強いんで。

それに、普通のパーティなら六人がかりで相手するんだが、こいつら戦士しかいねえので五人でもいける。

で、見立てでは正面からやりあえば、良くて勝率六：四なんだけども。

ただ、それはまともにやりあった時の話だ。囲んでる間はそれこそどうってことないし、まさに楽勝でフクロ叩きに出来る。

「乱れた時に慌てさえしなけりゃ、あとは時間の問題だ。焦らず丁寧にやりゃいける」

俺がこいつらにしてやれるのは、基本のレクチャーと、事前の準備確認ぐらいだ。

それ以上に手伝っちまったら意味がないので、試練そのものは自分でクリアしてもらうしかない。

さすがに、そこは自己責任になるし、事故があっても俺は責任までは持てない。

準備そのものは問題ないと思うが、こいつら対人戦の訓練と捕縛戦闘しか経験がない。

つまり、自分らよりパワーやサイズが大きく上回る相手の経験がないんで、正面から力押しだけは避けて、あとは地道に削ればいい。

「いいか？　守るのは三つだ。まず、なにがあっても絶対に突出しないこと。二つ、一定の距離で囲み続けること。三つ、二体同時に相手するような状態になったら全軍撤退すること」

魔獣を囲んでやりあうときのお約束を、ひたすら叩き込んでおく。

基本は、囲んで中距離からヒットアンドアウェイの徹底だからな。だいたい、危険人物を囲んで捕まえるときと一緒なんで、大丈夫だと思うんだが。

攻撃させず、とにかく反撃を受けない位置から攻撃する。危なくなったら仕切り直し。

それだけだ。もともと練度は高いから、ちゃんと怯まず徹底出来れば問題ないはず。

「わかった……だが、試練においてそれは卑怯ではないのか？」

真面目そうなやつが真面目な顔で質問してきたよ。

うん、およそ最悪の質問だと思う。ココ罠だらけってことは、そもそも卑怯も卑劣も上等なんだってのをまったく理解してない。

だいたい、罠をひとりで突破しても苦労させるための魔獣ですよ、アレ。

パーティ攻略が前提なのに、願いはひとつしか叶わない、ってのがすでに試練なんだし。

「卑怯もくそもあるか、あいつら俺ひとりでも六匹出てきたんだぞ。それに比べりゃ全然卑怯じゃねえし、この手の試練ってのは工夫していいんだよ。変に正々堂々とか考えなくていい。でないと、お前のせいで誰かが死ぬぞ」

「あ、ああ、わかった」

死ぬと言われて、さすがに反省したらしい、真面目だからな。

そもそも、領主の娘を助けるのに誰か死んでどうすんだよ。

そう考えると、領主が自分で来るとかいう行動に出たのもわかる気がする。自分の都合に巻き込んで、誰かに死んでほしくなかったんだろう。

「よし、それだけ把握すれば大丈夫だ、じゃあ行くぞ？」

俺は本来、ここで奥の手となるべく用意していた……正確にはそうなってもいいようにヴィーデが誘っていたんだが……まだ残っていたグレートケイブウルフの素材を拾う。

すると、本来の守護者であるケイブウルフたちが、次々と復活する。

こうして、好きなタイミングで復活させられるってのは最大の強みでもある。なにせ準備完了状態で、こっち有利のまま始められる。

俺とヴィーデは、今回の試練には関係ないのでそそくさと部屋の外に出て、中の様子を領主のおっさんとともに見守る。

さすがに、ボンテールのおっさんは弱すぎるので、直接参加させられないからな。

「全隊構え!!」

「「はッ!!」」

隊長の号令とともに、グレートケイブウルフそれぞれに対して、全員が囲んで構える。

「ガオオオオォン!!」

ケイブウルフの吠え声があがる、戦闘開始だ。

全員がそれぞれに取り囲みながら適度な距離をとっている。いい感じだな。

「常に後ろから攻撃しろ！　ヤツはいきなり振り向けない！」

隊長が再確認のように声に出して号令する。

「グルアアアッ！」

それに呼応するように、大きな威嚇の声を上げる魔獣。

そんな、でかくて恐ろしい魔獣に、どのグループも距離を保ちつつ攻撃を開始する。

魔獣が前に攻めれば、後ろと横から攻撃する。

横に攻めれば、反対側から攻撃する。

なにもしなければ後ろから攻撃する。

えげつないまでの死角攻撃だが、実際に目の前にして攻撃するとなると、魔獣のその迫力に、はじめのうちはなかなか思いきれない。

それでも、二撃三撃と重ねる内に、どのグループも徐々に慣れてくる。

「来るぞ！　死角から攻撃ィ！」

「ギャオオオンッ！」

悲鳴とも叫びともつかない唸り声を上げるグレートケイブウルフだが、群れも組めないまま攻撃が届かず各個撃破されるとなると、獣だけに対応策もない。

飛びかかろうにも、助走も取れなければ、跳ぼうと溜めを作ったら最後、容赦なく後ろから攻撃を食らう。

魔獣でも強くても動物だ。前方以外からの攻撃を徹底されると、まともに攻撃態勢も作れない。前足の爪を振り回そうが届かない、鋭い牙も噛みつけるものがない。

こうなればもう、ハメ同然だ。

あとは時間の問題でしかない。

「グ、ル……ゥア……ァ……」

ほどなくして、これをひたすら繰り返された五匹が討伐される。

そして最後に、見ていただけの領主のおっさんに強引に剣を持たせる。

「ほら、あとは領主様の分だぜ?」

「あ、ああ……」

ボンテール子爵は、こんな大きな魔獣に本当に剣を突き刺してもいいのか、といった感じで、息も絶え絶えな最後のグレートケイブウルフに、震える手で、なんとかとどめを刺す。

まあ、いくらなんでもこれくらいはやってもらわないとカッコがつかない。

「我々は、ついに討伐したぞおおおお!」

「『「うおおおおおおおおお万歳！　領主様万歳ッ!!」』」

兵士たちが、感極まった勝どきをあげる。

なかば領主そっちのけで喜んでいるところを見ると、本当に嬉しかったしここまで大変だったのだろう。

抱き合ったり地面を叩いて喜ぶやつまでいる。

「これで……娘も……」

ボンテールの野郎まで、涙を流してやがる。

まあ、そんなことすら周りに言えないくらい人を信用してなさそうだったやつが、こんなことになったら当然とも言えるけどな。

だが……そんな空気が一変した。


『『……頭が高いぞ、人間ども』』


……たったひとこと。

ただ、その声が響いただけで、一瞬で心臓まで鷲摑みにされるような、そういう絶対的なプレッシャー。

人間はこれに逆らっちゃいけない……心が、体が、そして魂がそう【理解】する。

兵士たちは、魂の声に従って全員がひざまずき、ボンテールですら片膝をついている。

立ってられるのはヴィーデと……この声を知っている俺ぐらいのもんだ。

そんな俺だって、まともに頭が上げらんない。

『試練、ご苦労だった。全て見させてもらったぞ、ボンテールとやら』

「はは……ッ！」

ボンテールも、竜の言霊にかかっちゃ形無しだ。返事するのがやっとって感じでしかない。

そりゃそうだ。知ってる俺でさえ心臓がバクバク言ってんだから、こいつらはもう生きた心地もしねえだろう。一〇〇回ぐらい死んだ気がするに違いない。

そんでも、やっとのことで頭を上げれば……見たこともない女がそこに居た。

褐色の肌に金髪、遠慮や容赦なんてモノはこれっぽっちも持ち合わせてないほどに尊大。

もう当然のようにすごく偉そうだし、実際に偉くて強い。なにせ、向こうには見下す気もないのに、こっちが勝手に見下される気になるってくらいのスゴさと圧力だ。

そんな、見たこともないのに、雰囲気だけで知り合いだとわかる奴でもある。

「おいおいマジか……。お前……女だったのかよ」

「くく……改めて見る我の姿はどうだ、悪くないだろう？」

自信たっぷりに語る、その女《ゴルガッシュ》には、角も羽も尻尾も付いていた。

# ０３５：戦い済んで日が暮れて

「さて、我は迷宮の主、震竜ゴルガッシュドーンである……面を上げて良いぞ、皆の者」

場の雰囲気を一瞬で持っていったゴルガッシュが、高らかに宣言する。

とはいえ、みんな顔面蒼白でそれどころではない。

そりゃそうだ。竜の言霊で押さえつけられなくなっただけマシだが、状況はそんなに変わんないっていうかやりすぎ。みんな人生の終わりみたいな顔してるじゃねえか。

まあ、こんだけエッラそうなクソドラゴン娘に、やりたい放題されたらどうしようもない。

外見なんか一切関係なく、クソほど強烈なふざけた威圧感あるせいで、どいつもこいつも心底からコイツを迷宮の主だって魂に刻まれるぐらいに認めちまってる。

でも、こんな格好で出てきたってのは、もしかすると初心者向けなのかもしれないので、ゴルガッシュなりのささいな気遣いかもしれないんだが。

実際、あんな城みたいな巨大ドラゴンに竜の言霊なんて食らったら、死んじまいそうなやつもいるしなあ。

なんにせよ、まるで大人に怒られたガキどものように、全員がガクブル状態で震えている。

「試練は、すべて見ていたぞ。そなたら、探索者としてはクズ中のクズだ。いままでありえないほどに。本来、あるべき試練すら越えられておらん、反吐《へど》が出る！」

……ハッキリ言っちゃったよ。

マジでムカついてたみたいだからな、ゴルガッシュも。

おかげで、領主を含め全員が、この世の終わりなんじゃねえかってぐらいに小さくなって怯えてやがる。ひと睨みされただけで、たぶん死ぬぞこいつら。

俺が来るまでのクソ攻略とか俺を追いかけてのクソ攻略とか、とにかくやらかしまくりなのはその通りだし。そんなの、心臓のほうが耐えきれなくなってもおかしくない。

「だが、コレほどの大人数にもかかわらず、手に手を取り合って、未熟極まるそこの領主とやらの願いを叶えるため、皆が自発的に一致団結したことは評価に値する」

「おお……」

兵士から安堵の声が漏れる。

あー、マジでこれ、地獄の審判を待つようなもんなんだろうな……。

冷静に考え直すと俺、よくこんな圧力の中でゴルガッシュに言い返せたなって気にもなる。

「また、願いも、私利私欲にまみれたものでなく、病に伏せる子供の未来を願うささやかなものである。よって、ココに条件付きで試練の達成と宿願の履行を確約するものとする！」

「おおおお！　まことか、まことに助けていただけるのか……ッ！」

「あああ、ついにやりましたね領主様ぁ！」

「これ、迷宮のドラゴンに……俺たちは認められたんです、よね……」

「うぁ、おおおおっ！」

誰よりも速く、領主が突っ伏して、恥も外聞もなく泣き出した。

それと同時に兵士たちが駆け寄り、みんなで抱き合って歓声が上がる。

もはやすごすぎてどうしていいかわからなくなり呆然としているヤツさえいる。

ゴルガッシュのプレッシャーに押さえつけられてた分が解放されて、もうみんなめちゃくちゃだ。

嬉しすぎて、嬉しいのかどうかもわかんねえんじゃないだろうか。

そんな中、ゴルガッシュが自ら手を差し出す。

「条件は後でよい、まず我が責務である願いの履行から始めるぞ。さあ、急ぐのであろう、領主よ」

「はい、娘の状態が日に日に悪くなっていて……薬も効かず……コレは呪いかと……」

ボンテールのおっさんは、もう領主ってより、完全に親の顔になっている。涙でぐしゃぐしゃだ。

やっとのことでゴルガッシュの手を取る。

「では、我についてこい。エイヤたちもだ。その他の者はココでしばらく待っておれ」

「え、俺も？」

「わぁ、ゴルガッシュに乗せてもらうなんて久しぶりだねえ」

なかば強引に領主の手を引いて、どんどん先に行ってしまうので、ヴィーデと一緒についていく。

そして。

俺らはゴルガッシュの背に乗って、夕焼け空の中、ミルトアーデンの城までひとっ飛びした。

「お、おおおおお……!?」

ボンテールのおっさんは、うん、すげえ予想通りだ。

元商人だからか、ただ震えてるってわけでもなさそうだが、こんなくっそでかいドラゴンに乗せてもらうっていう恐怖と感動で会話出来る状態じゃないっぽい。

「いやあ、やっぱりゴルガッシュは気持ちいいねえ」

ヴィーデはというと、完全に楽しんでやがる。すっかりくつろぎモードだ。

まあ、コイツはだいたいのことを楽しんじまう気はするけども。

ゴルガッシュの背中は、俺が自力で飛ぶときと違って魔法で守られているのか、すげえ速さなのに、それほどバンバン風も来ない。そういう意味では超快適な空の旅でもある。

まあオッサンがあの状態なんで、今のうちにヴィーデに聞いとくか。

「ヴィーデ、あのタイミングでこいつ《ゴルガッシュ》が来たのって、やっぱなんかやってた？」

立ってても仕方ないので、隣に座りながら話しかける。

「あ、わかった？　エイヤはそういうところにまで気がつくんだから、本当にすごいよねえ。なにかまずかったりしたかい？」

……やっぱりか。

動くって言ってたくせに、変におとなしそうだったもんな。

もしかしたら俺に見えないトコで、細かい調整入れてっかもしれない。

「いや、問題ねえよ。別にやりたきゃドンドンやってもいいと思うんだよ。世の中そんなもんでさ。俺もこうやって、いろんなやつの運命動かしちまってるからな」

「ボクとしては……そうだね、最初より肩の力は抜けたと思う。けど人間っていうのはもっとわからなくなったなあ」

遠くを見ながら嬉しそうに言うので、たぶんまんざらでもないんだなってのはわかる。

でも、知ったから余計わかんなくなったってやつだな、こりゃ。

「や、ほら。人間っていってもさ。別になにが人間なのかって、よくわかんねえんだよ」

「……む。そういうものなのかい？」

そういうものなんですよ。

「人間族だけが人間じゃねえだろ？　みんな自分の種族があってさ。それぞれに特性があって、相応に上手く使いこなして、自分は自分って感じでいいんじゃねえかなあ」

「ボクもそうだって、エイヤは言ったよね……正直、嬉しかった」

うわ、すげえいい笑顔。

このタイミングで夕焼けをバックにそういうのマジやめてほしい、ヤバイ死ぬ。

可愛すぎて死ぬ。

「たとえば、ゴルガッシュはドラゴンであることに誇りはあっても、別に引け目とかなんてのは、一切ねえだろ？　そういうナチュラルな感じでいいんじゃねえかな、とりあえず」

俺も顔が少し赤くなってる気がしなくもないが、きっと夕焼けでごまかせるはず。たぶん。

「そうだねえ。じゃあボクはとりあえず、エイヤの使い魔っていうのがちょうどいいかな」

うぼあぁぁー!?

そう言って、サクッと嬉しそうによりかかってくるのやめませんかヴィーデ先生！

俺、こう見えても健全な男子なんですよ。

もう男子って年でもないけど、男性なんですよ、オトコノコなんすよ！

このシチュヤベえ、ヤベえって。

しかも、ふたりきりじゃなくて、隣にうろたえたおっさん、真下にはすげえドラゴンのくせして変に拗ねるゴルガッシュがいるんですよ！

うん。

結局こう、さんざん迷った挙句、なにも手を出せないまま固まっておりました、ええ。

どうしてこうなった。

# 036：ミルトアーデンの未来

領主の館、というかミルトアーデンの城についたわけだが。

もはや大騒ぎすぎてエラいことになっていた。

なぜって、ゴルガッシュみたいなクソバカでかい、城と変わらんようなサイズの超巨大なドラゴン様が三〇〇年ぶりに現れたからだ。

そりゃ、城みたいな古竜が超高速で飛んできたら誰だってそうする。

当然、街は全面防衛体制になるが、その程度でどうにかなるゴルガッシュ様でもない。

「おいゴルガッシュ!?　聞いてねえぞこんなの！」

「言ってないからな」

「ざけんなてめえ、考えなしかよ！」

「不満なら、ココで全員振り落としてもいいのだが」

はいすいません、すべてドラゴン様が正しいです。

まあ、領主が背中に乗っているのがわかったんで、なんとか収まりがついた。

ゴルガッシュのやつ。これをやったらどうなるか後々の影響までわかってて、ワザと周辺に見せつけてやがるな。

代わりに、街は悲鳴とパニックと見物で、天と地をひっくり返したような大騒ぎになったが。もうめちゃくちゃだ。

そのせいで城の中も超絶慌ただしくなってたようだが、とにもかくにも一瞬でサイズ調整したゴルガッシュたちと一緒に、大急ぎでボンテールの娘の部屋へ向かう。

「ああ、こちらが我が娘、エウレーダになります……！」

ボンテールがどうにも落ち着いていられないといった様子で紹介する。

見れば、色白で亜麻色の髪をした少女が、病床で臥せったまま意識もないようだ。しかも呪いとかなんとかだって言うし。

たしかに、そんなもんいつ死んじまうかもわからないんで、親からしてみりゃ気が気じゃねえだろう。

「ふむ、なるほど……まずは呪詛を外そうか」

ゴルガッシュが軽く手を握ると「キン！」という空間が弾けるような感覚とともに、あたりの雰囲気が軽くなる。

見た感じ、どうも呪詛を「握りつぶした」らしい。すげえなドラゴン。

「三層空式呪だな。個人そのものを対象にせず、付随する空間のみを呪う特殊な呪詛だ。故に、人をいくら解呪しても防護してもほぼ効果はない。まあ、呪詛破りは通常、倍返しだ。相手がどうなろうと知ったことではないがな？」

うんちくをたれながら得意げにギザっ歯を見せるゴルガッシュ。

倍返しとか言ってるけど、そんなんじゃ絶対済まさないタイプだと思う。怖え。

「ま、ひとまず安心ってトコかな」

「そうだね、ゴルガッシュが言うなら心配ないだろう」

ヴィーデが明るく言うが、話の確度で言ったらヴィーデのがすげえので、二重の意味で安心だ。

「ああ、今回は……まことに、まことにどれだけ礼を言っていいものやら」

涙ながらに喜びを隠せないボンテール。

人としてしかたないとはいえ、案外涙もろいのかもしれない。

「いらぬ。試練を受けた者の権利だ、胸を張るがいい。礼なら、まずはエイヤに言え」

「俺に？」

いきなり振られてビビる。

「決まっておろう。未熟な連中を率いて、試練を受けさせたのは此奴だ。我はその結果に過ぎん」

うわ、見た目の荒っぽさに反して、ホントに几帳面だなコイツ。

ヴィーデがそう言ってたのがわかった気がする。

「そして、それが我が条件でもある」

「『条件？』」

よりにもよってボンテールとハモった。

なんか、微妙にゴルガッシュにも領主にも負けた気がする。

「そうだ。踏破は条件付きと言ったであろう？　エイヤの望みをなんでもひとつ叶えろ。それが条件だ」

「……は？」

思わず変な声が出た。

ゴルガッシュのやつ、どういう振り方だよオイ。

すげえニヤニヤした様子で【してやった】って態度だ。あからさまに狙ってやがる。

「え、俺？　なんで俺の？」

「当然のことだ。この領主とやらの試練達成なぞ半人前。なら、あと半分の助けに入った者の望みを叶える義務は、領主にある」

「はッ、仰せのままに……！」

ゴルガッシュの宣言に、ボンテールは深々と頭を下げる。

つられて、城の部下どもも頭を下げる。

なるほど、くっそやられた……このドラゴン野郎。メスだけど。

こいつ、俺の願いなし迷宮踏破のお返しと、ボンテールの半人前達成を同時に処理して、自分は一切手を下さないままに、俺の報酬分を強引にひねり出しやがった。

でもなー。わかるしありがたいんだけど、そこが欲しいわけじゃねえんだよなあ。

「では、あらためて礼を言う、エイヤよ。そして、望みをなんなりと言うがよい。恩人の願いだ、出来る限りのことは尽くすぞ」

向き直ったボンテールが、真剣な目をして、俺に深々と頭を下げる。

思えば、初めてこんだけ真面目に俺を見たな。やーっとで「人間扱い」ですよ。

「まあ……そうだなあ、望みとか特にねえんだよ【俺】はね？ まともな報酬と、違反の割り増し分だけもらえりゃいいわけ。こっちもプロなんで」

「……なんだと？」

意外そうに驚いた顔で、ボンテールにまじまじと見つめられる。よせやい照れるぜ。

「そりゃ、俺がしてほしいのは、スラムの連中を人間扱いしてほしいってだけですもん」

「……む」

思うところがあるのか、おっさんがさらに真剣になる。

「ボンテールのおっさんさあ、俺も含めて、他人を人間だと思ってなかったろ？ スラムの連中なんて、利益にたかって食いつぶすだけのゴミだと思ってたろ」

「……ぐ、うむ。…………たしかに、申し訳ないが、認める」

見りゃわかるよ、あんだけ他人を見下して金さえ出せばいいって感じの対応してたやつが、今回部下どもども、初めて人間に触れて、部下たちにさんざん人間らしく助けられたんだからな。

「俺はね、仕事したからその分がもらえりゃ、それでいいんだよ。だけどさ、仕事しても仕事分もマトモにもらえるかどうかわかんねえ連中が、世の中にはたくさんいるんですよ」

「………………」

「せめて、人間として見てやってくれねえっすかね？」

人間、ちゃんと存在を見てもらえないってのが一番クる。

とりあえず俺みたいなヤツのおかげで助かったと思うなら、見てやってほしいからな。

助けの求め方も、まともな息の仕方さえも知らない連中が、世の中には大勢いるんだから。

「……うむ、そうだ……そうだな。私はまだ人間を知らない、元は商人なのに、だ。まだ知らなければいけない。これは、街を、私の人生をも変えることにもなろう」

ボンテールのおっさんは深く考え込んだあと、二度三度うなずいて、いろいろと納得したっぽい。

もちろんすぐに全部変わるわけでもねえだろうが、少なくとも、これからはスラムでも呼吸は出来るようになったと信じたい。

あと、たぶんまともに対応しなかったら、契約不履行でゴルガッシュが城殴りに来ると思うし。

ワンパンで塔のひとつふたつ吹っ飛ぶぞ。

そんなとこに、せっかくいい感じにまとまった雰囲気をぶち壊す【知った声】が響く。

「……あ。あーあー、いたいた！」

ってか、この場に普段のノリで領主無視してズカズカ踏み込んで来れるっておかしくね？

領主その他があっけにとられているが、なんの遠慮もなくゴルガッシュに突っ込んでいくもんだから誰も止めらんない。だいたい、コイツがなんで城の中堂々と歩いてんだ？

「ゴルガッシュお姉さもふー……もがごが」

「……離れろ」

うん、ユアンナだ。どうしようもなくユアンナだ。完全に冷たくあしらわれてるが。

っていうか、ゴルガッシュにまでモフりに行くのかよ、無敵か！

「おおおおい、こんなとこでなにやってんだよ天然色ボケ女が」

ゴルガッシュから、尻尾ふりふり狐女をひっぺがす。

「色ボケ女とは失礼な、ちゃんと仕事やってますぅー。言っとくけど、ゴルガッシュお姉さまをそっちに向かわせたの私ですからね！」

「なぬ!?」

変な声出た。

ちょっと待て、相手はゴルガッシュだぞ？　なにをどうやったんだこの女。

「ああ、我が城を攻めに来たところで、たまたまこの狐女と合流してな」

「そそ。あからさまに変な雰囲気のお姉さまがいて、そのときはノーマルサイズだったんでモフろうとして、ぶん殴られて危うく昇天しかけたわ」

ゴルガッシュに初対面でそれやるんだ……どんなノリだよ。

だいたいゴルガッシュのヤツ、いきなり城攻めに来てたのかい、怖えな。

「で、いろいろ聞き出してみたら、目的がおんなじだってわかって、城の準備進めとくから向こう行ってあげてって話になったの」

「……まあ、大筋はそうだな」

ゴルガッシュがなんか言いたそうだが、言うとまた面倒くさいコトになるって顔をしているのが面白い。いいぞもっとやれ。

細かいことは、たぶんヴィーデが絡んでるんだろうなって思った。なるほど道理でタイミングよくなったわけだ。

「そういうことで、これ。帳簿まとめといたから」

いきなりでかい袋の荷物を渡される。中身全部帳簿かよこれ。ドコから持ってきたんだ。

「なんのだよ」

するとユアンナは、不躾にも、いきなり小声で俺と領主を呼びつけ、とんでもない暴言を吐いた。

「コレね、およそ七年前からのミルトアーデン裏帳簿。帝国とかその他に知られたら一発アウトなやつ」

「「はあああああ!?」」

また領主とハモった。おのれ。

結局、ユアンナがとんでもなく絶対ヤバイ爆弾を持ってきたせいで、領主が口約束どころではなくスラムの再開発や保障を確約する羽目になった。

めでたしめでたし。

# ０３７：帝国を目指して

その後は、それはもうバタバタした。

まず、略式ながら領主の歓待や、ゴルガッシュのアイテム返還その他、いろいろあった。

正式な歓待はマナーがわからん俺には無理すぎるので、むしろテキトーにしてもらったほうが飯がうまいんで、そうしてもらった。

なお、ヴィーデやゴルガッシュはもともとお偉いさんとの付き合いとかあったっぽいので、こういう場のマナーがわかるのはともかく、ユアンナがマナー完璧すぎてビビる。お前、どこでそういうの覚えてくるの？

報酬とかのやり取りは早めがいいに決まってるので、金額がそれほどでかいわけでもないし、すぐに済ませてもらった。

少し色がついていたが、それくらいはありがたく貰っておく。俺だって金が欲しくないわけじゃない。むしろ欲しい。責任のないあぶく銭がちょっと怖いだけなんで。

そういうわけで、ひと通りのあれやこれやが、やっと終わって夜もふけて。

「いろいろあったけど、キレイに終わったねえ」

城の広いテラスで、ヴィーデがしみじみとつぶやく。

うん、ぜんぜん終わってねえ、むしろ今始まったばかりだ。

だって「貰うモノも貰ったし、こっそり今晩中に出発しよう！」って集まってるハズのテラスに、なぜか四人いる。

「いや、その前に、いつの間にゴルガッシュとユアンナがついてくる話になってんだよ！」

そもそもゴルガッシュがついてくるとかこれっぽっちも聞いてない。

ユアンナは、まあ運命としてついてくるよってのは最初から聞いてたが、そもそもコイツ本人と直接そういう話なんかしてないのに、さも当たり前って顔をしている。解せぬ。

「えー、だってスラムにちゃんと手が入るんなら、街じゃ私は邪魔者になるしー」

「おい、お前さらっと言ったけどトラブルメーカーだって自覚あんじゃねえかよ!?」

「それにヴィーデちゃんとゴルガッシュお姉さまがいるんだから、私もついていったほうが役に立つしー」

どう考えても、モフり目的についてくるようにしか思えない、すごい言い分だぞコイツ。

「ところでユアンナよ……我は、お姉さまじゃないとなんど言ったらわかるのだ？」

「お姉さまと認めてくれたらわかりまーす！」

「……」

おお、ゴルガッシュが反論する気をなくしている。

たしかに、ゴルガッシュのヤツは有無を言わせず相手を圧倒する癖があるから、まったく人の話を聞かない上に、威圧をスルーするユアンナは絶妙な相性かもしれない。

「というか、俺はユアンナだけじゃなくて、なんでゴルガッシュがついてくるのかもまったく聞いてないんだけど」

「む、ついていくに決まっておるだろう。そもそも、大騒ぎになるので変に出歩くのをやめろと言ったのはお前だ。その責任を取らせてやろう」

そんな責任あるわけねえだろ！　そこ！　嬉しそうに言うな嬉しそうに！

だいたいなんでお願いしてるお前のほうが偉そうなの!?　おかしくない？

しかも、すでにさんざんめちゃくちゃな大騒ぎにした後じゃん??　泣きたい。

「まあそれだけエイヤがすごいっていうことだよ」

「うーむ、そうか？　そんなもんか、そんなもんなのか？」

ヴィーデが嬉しそうに慰めてくれるものの、残念ながら、彼女はこういう方向ではなんかしてくれるわけではない。

癒されはするのでありがたいんだけど、俺の作業量が変わらなすぎる。

冷静に考えてみても、癒しスケジューラー、脳筋ドラゴン、なに持ち込むかわからん交渉役、そして雑用リーダー。

なにこのパワーバランスがステキに歪んだパーティ。人間には荷が重すぎませんか？

これで隣国の帝国属領通り抜けするのかよ、マジか。

まー、俺に拒否権とか与えてくれなすぎる人たちなので、俺がどうにかするしかないんですけどね……。

「あー、いいかお前ら。別についてくる分には止めないけどな。無茶すんなよ、頼むから無茶すんなよ。ただでさえ隣の国はヤバイんだから！」

「ふむ。我がおるのだ、問題なかろう？」

「そうそう。ゴルお姉さまに私もいるんだし、大抵のことは大丈夫じゃない？」

うん、だめなふたりが一番自信たっぷりなヤツだ。

そうだよね、世の中そういうもんだよね。

お前ら、過ぎたるは及ばざるがごとしすぎるんだよ。むしろ世間をオーバーキル。

だいたい、こそこそ歩きたいのにクソ目立つ女性グループ連れとかさ、確実に一発で覚えられるやつじゃん！

実質的に魔族領の帝国と違って、属領のお隣さんは魔族がそんなに多いところじゃねえし、こんな美人まみれの混成人種パーティとか、マジ嫉妬で通報されるレベル。

すげえ頭痛い……。

「あー、ところでゴルガッシュ先生、つかぬことをおうかがいしますが。その角と羽と尻尾のフルコンボって隠したりとか、どうにかなんない？」

予想はつくものの、一応、聞くだけ聞いてみた。

「はッ、なにを言っておる。なるわけなかろう、竜の誇りであるぞ」

当然って顔しやがった。むしろ見せつけてきやがった。

デスヨネー。オーラ出まくり目立ちまくりだ。

「……あ。そういえば私、変身出来るよ？」

「はぁ!?」

おおおい、ユアンナさんから突然の爆弾発言きたよ。

「あー。それ信じてないって顔だー、傷つくなー？」

「信じるもなにも、お前そんなことまったく話したことねえじゃん!?」

っていうか、いきなりなに言い出すのコイツ。知り合ってだいぶ長いけど、そんなの初めて聞くぞ。なんだそのとんでもねえ超絶スキル。それとも魔法？

あと、そのまったく傷ついてないくせに傷ついたフリのムーブやめろ。

「あるぇー？　言ってなかったっけ？」

「あるぇーじゃねえよバカ。お前どうせいままで誰にも言ってねえだろ、すっとぼけても無駄だぞ」

「てへぺろ」

「ったく……」

だから、城の中でも平気な顔してほっつき歩いてたりしてたわけか。

んで、マジで命に関わりかねない情報もちゃんと共有するからこれからよろしくね、ってやつだ。

そういうのがわかるだけに、本当に油断がならない。これで計算なしの天然だってんだから、また恐ろしい。

まあ、コイツなりの誠意だってことだろうと思うんで、こっちも応じるしかないけどな。

「ほう、ユアンナもなかなか見上げたところがあるではないか」

「お姉さま！　ありがたき幸せでもがもが」

「ええい、だから離れろ。そのモフるというのをやめろと」

ゴルガッシュ先生が、一番目立つに決まってるくせにえっらそうに上から目線で言うが、余計なツッコミを入れたせいで、すっかり楽しそうに絡まれてる。

とりあえず、最強ドラゴン様ともあろうお方が、この程度でブチ切れたら負けだと思っているらしく、ユアンナには手を焼いているのが面白いから放っておこう。

「いやあ、面白くなってきたねえ、エイヤ。ボクは先が楽しみだよ」

ヴィーデはヴィーデで、さっきからずっと楽しそうだ。

こいつもぼっちだったから、にぎやかってだけで嬉しいんだろうな。

「あー。考えてみりゃ、なるようにしかなんねえし、気にしてもしょうがねえか」

「そうだよ、いつもキミが言ってることじゃないか。後悔しないように生きるっていうやつだよ……違うかい？」

「は、こいつは一本取られたかね？」

嬉しそうなほくほく顔のヴィーデにそう言われてみれば、たしかにそうだ。俺は別に、世話係でもなければお目付け役でもないんだし。

あらためていろいろ思い直してみる。

ソロが長かったんで、なんか変な気になっちまってたが、まともに考えてみれば、俺が嫌われる心配のないパーティってだけでもすげえじゃねえか。

どいつもこいつも、俺を変な目で見る奴なんかいねえし、舐められたりけなされたりなんてのもあるわけない。

もちろん、変な裏表や打算だってそうだ。これっぽっちもありゃしねえ。

しかも、俺を含めて誰一人として自分から仲間作るタイプじゃねえときた。うわ涙出そう。

いままで、世知辛い付き合いばかりだったんで、すっかり忘れてた感じだよこれ。

むしろ最高じゃねえのかってところまであるんじゃねえの？

さらに言えば、俺的には、とりあえずヴィーデが楽しそうならそれでいいし、目標は人それぞれってな。

そういう旅だ。

ただ、このメンバーで、あの「隻眼の荊棘姫《いばらひめ》」の国を抜けるのかと考えると、絶対なんかやらかしそうな気しかしない。

うん、やるわ……一二〇%やる。むしろ積極的にやる気がする。

なら、うだうだ考えてもしかたないってことだ。

むしろ、いつそうなってもいいように考えよう。こうなっちまったら、楽しまなきゃ損だもんな。

なにせ、運命の女神がついてんだし。

# ０３８：ファーレンベルン執務室

隣国、アーロスク。ファーレンベルン城。

荊棘姫《いばらひめ》の本拠地としても有名な古城で、中央の尖塔が天に向かって突き立つ姿はまさに圧巻。帝国との長きにわたった戦にも耐えきったそのシルエットは、姫の性格をよく表す城として内外に広く知れ渡っている。

——その執務室にて。

「なんですって!?」

部下の報告を聞いて、いまは【隻眼の荊棘姫《いばらひめ》】の立場であることも忘れ、思わず身を乗り出すくらいに声が出た。

変に声を上げたせいで、すっかり部下が震えあがっている。

「じ、事実であります！　隣国、ミルトアーデンにて三〇〇年ぶりに古竜が出現しました。それも、その背にミルトアーデン領主ボンテール閣下を乗せて、です」

「……そ、裏はとったの？」

「はい、住民や周辺の誰もが見ていたほどの大事件であります！」

部下は、緊張しながら精一杯の返答をする。

「ふぅん？　面白いこともあるものね」

なんとか、ナニゴトもなかったように脚を組みつつ、けだるげな返事で、姫らしさを取り繕う。

ああもう、めちゃくちゃよ。部下にまで余計な気を遣わせてしまったし。

それにしたって、こんなの、どう説明をすればいいのか。

先日、なぜか帝国から【ミルトアーデンの様子を探れ】と直々にお達しがあった。

最近、あの領主が派手にお金ばらまいて動いてるのはたしかにそうで、たぶん帝国側もそろそろ王国側に圧力かけたいって時期なんじゃないか、みたいなコトだと思ってたんだけど。

だからって、隣国にそんなスーパー激レア最強守護獣が出たとか言われた日には、圧力かけるどころの騒ぎじゃない。もう、誰もあの国に攻め入れないんじゃないかしら。

なのに、そんな子供じみた【おとぎ話でしか聞かないようなこと】が起きたと聞いても、権威主義者の老害貴族にはとりあってもらえないに決まってるのが頭イタイ。

もちろん、自分はドラゴンとか超最高だと思うけど。なによりかっこいいし、ステキで憧れる。わたしも乗りたいっていうか、是非乗りたい。すごく乗りたいしめちゃくちゃ羨ましい。

だいたいドラゴンに乗りたくない人なんかいるの？　そんなのいないに決まっている。いたら始末しにいく。

もっとも、帝国の星見は天才中の天才占星術師「予言者ラーユル＝ディートエルト」。

これを予見していた可能性がないわけでもないけど、指示自体は「定時報告をよこせ」程度の内容だ。こんなロクでもない大事件まで予見しているような指示でもない気もする。

正直、先送りしたいくらいの事件で困る。

どうせわたしが調べろって言われるに決まってるんだもの。ああめんどくさい。

「……ご苦労、下がりなさい」

「はっ」

不機嫌を装ってっていうか、実際に激重ウザさマックス案件なので、なかば冷たくあしらうように部下を退出させると、やっと一息つける。

「うう〜、なんなの？　どうしてわたしばかりがこんな目に!?」

正直言って、いろいろ運命を呪いたい。つらい。

っていうか、なんでわたしが姫将軍とか荊棘姫《いばらひめ》とか呼ばれた挙句、帝国に国を売った張本人みたいにされてるの!?

ただ、ちょっとだけ剣術とかおとぎ話が好きなだけだったのに！

ウチの国はもともと貧乏だ。帝国と戦争やってた時期に疲弊したせいともいう。

そこへ、当時やり手の商人であったボンテールが、ウチの国周辺の商売を、根こそぎミルトアーデンにうまく持っていってしまった。

おかげでアーロスクは経済ガッタガタ。これといった産業が育たない。

そもそも、それほど国が大きくないから、どうしたっていろいろやりくりしないとそれだけで沈んでいく。

どうしようもなくなって、戦後処理にウチの国を帝国に身売りするのを決めたのは、王である父上だ。

父上は悲しいかな、とにかく優しいのだが経済的な才能はない、まったくない。

なので最終手段として、帝国に養ってもらうことにしたのだ。税金安すぎ人よすぎなんだもん！

でも、その父上は、帝国に人質として連れていかれてしまった。

代わりに女王になったのは母上だ。

母上には意外な政治の才能はあったものの、残念ながら戦に関してからっきしダメ。あらあらこまったわね～っていう感じで、のんびりマイペースすぎてヤバイ。

となると結局、荒事は、そういうのに興味あるわたしがやるしかない。

つまり、ウチの国ではまともに戦や防衛に出れる将軍がわたしだけ。

だって、西側の端っこ小国だから周辺の魔物討伐に行かされてばかりだし、他に出来る人いないし、わたしがやるしかないじゃん！

おかげで走り回っているうちに、なぜかすっかり、わたしが「父を追い出して帝国に国をあけわたした売国の姫」にされてしまった。おかしいでしょ!?

しかも、気がついたら「隻眼の荊棘姫《いばらひめ》は冷酷非道の姫将軍」ということにまでなってしまっている。

納得いかない、超納得いかない。こんなに頑張ってるのに。

思い返すと、本当にろくなことがない。

「ああもう。どうしていつの間にこんなことになったのかしら」

髪だってちゃんと可愛く両サイドアップにして飾って、普段からドレスを身にまとって、どこへ出ても恥ずかしくないようにしているだけなのに、なぜそんな噂になるのだろうか。

あ、ドレスがバトルドレスしかないのは予算と都合の関係ね。あと趣味。

ちなみに眼帯はおしゃれアイテム。

っていうか、わたしは可愛いすぎるので、困ったことに、普通の格好では部下とかおっさん貴族連中からまともに見てもらえない。なので、普段からちゃんと正装する必要がある。

実際、正装をしていると、どこでも交渉がうまくいきやすいっていうか、小娘扱いされないだけでもお値段以上のお得感がある。

いいのよ、これは趣味と実益を兼ねてるのよ、たぶんきっと！

だってかっこいいかわいいし！　眼帯なんて超ステキなアクセじゃない？

メイドや執事たちもみんな「似合ってる」って言ってくれてるので間違いないハズ。

だからいまはこうやって、外では冷酷なレイピア使いの姫将軍。

ひとりのときは、純情可憐なピチピチのキュートでセンチな乙女として活動中である。

魔族の血が入ってるせいで、ピチピチ期間がそのへんの人間族よりはるかに長いのは少しお得。

そして、いつかはドラゴンの背に乗って現れるステキな王子様をゲットするの！

「そう、やるの！　やるのよシグリンデ！　わたしはこんな貧乏ヒマなし二重生活から脱出するのよ！」

――などと、彼女が決意を新たにしていた、そのころ。

すでに、その原因たるエイヤ一行が、すっかり自国まで入り込んでいることを、彼女はまったく知らなかった。

# エピローグ：閑話　ミルトアーデン城、娘の部屋

「行ってしまったか……」

ボンテールは、娘の部屋から街を見下ろす。

この三〇年、ひたすら上を目指して走り続けてきた。

それもこれも、今までのみじめな自分ではいたくない一心で、だ。

気がつけば、自分のことすら見えなくなっていたらしい。

金さえあればいい、金だけが私を裏切らない。金を集めて強くなろう。

そう思って、部下をとにかく金を与えて使い倒し、いいようにこき使っていたつもりが、いざとなってみればどうだ。

部下を切り捨てることも出来ないばかりか、人生を救われたと感謝され、部下たちに励まされ助けられた。その上、便利に使おうとした盗賊にまで、手取り足取り丁寧に教えられる始末だった。

私もそろそろ、走り方を考える年なのだろう。

「……お父様」

部屋に、優しい声が響く。我が娘、エウレーダ。

まだ一六になったばかりの、色白で美しい大切な我が娘だ。この子には、私のような苦労はさせたくない。

というのに、大変な目にあわせてしまった。

娘は、呪いが解けたものの、衰弱からはまだ回復しきっていないので、ベッドから起き上がるのが精一杯だ。

もっとも、顔色も良くなっているので心配ないと思うのだが。

なんにせよ、この声がまたいつでも聞けると思うだけで、涙が滲みそうになる。

「せめて、お前が正式に礼を言えるまで、彼らにいてもらえればよかったのだがな」

昨日の今日で、挨拶もなしにもう出ていくとは。

まったく、急にもほどがある。

「ふふ……たしかにお礼を言いたかったですが、そういうものなんでしょうね、冒険者というのは」

「そうかもしれぬ。なんにしても忙しない連中だ」

エウレーダの言うとおりだろう。

自分も若い頃は、ひとところに長居せず、商機を探して走り回っていたものだ。

なら、あれだけのことをやってのける連中は、なおさらそうかもしれん。

「わたしやお父様など、きっと気にかけていないだけなんでしょう。想像でしかわかりませんが、冒険に比べればこれも普通のコトなんですよ、彼らには」

「は、舐められたものだな……だが、この借りは、いつか返さねばならぬな」

「ふふ、そうですね。わたしも、どこかで礼をしなければなりません……」

やれやれ。親子で笑い合う。

まったく、私が目指していたものなど、ちっぽけなモノであったということか。

おまけに竜の加護まで残していきおって……こちらが貰いすぎだ。

となれば、まずはスラムからだ。

教育を整え、環境を整え、民衆に機会を与えなければならん。

盗賊《スカウト》ギルドについても、冒険者ギルドに働きかけて【斥候《スカウト》】と名前を改めさせる必要がある。

やるべきことも問題も山積み……忙しい置き土産を残してくれたものだ。

ただ、これは単なる約束でしかない。彼らに対する恩返しは別だ。

それに、呪いの出どころもまだ明らかになっていない。

「やれやれ、どうしたものかな」

「また心配事ですか？　お父様らしいですが、もう少し周りも信用なされては？」

「む……」

娘に笑顔でこう言われては立つ瀬もない。

とは言え、ドコから始めればいいものか。金のバラまき方しか知らぬからな。

まあ、出来るところから工夫していくべきか。それしか知らぬなら、まずはそこから始めればよい。金にはいろいろな使い道があるのだし、あって困るものでもないのだから。

そう、ちょうど、いい感じに手を伸ばしてきたところを叩くのは、いい使い所かもしれぬ。

# 書き下ろし：ボンテール子爵の歓待パーティにて

ミルトアーデンの城で、それはもう歓待された。

略式ってことで立食パーティ形式にしてもらったのは気楽でいい。フォークとナイフまともに扱うとか無理。いや無理じゃないけど気が休まらんし。そもそも、着ていく服が無い。

かと言って、領主としてはなにもしないってのも、それはそれで問題なんだろう。

なにせ、すげえドラゴンが救った娘のお祝いでもある。なんかやっておかないと、示しがつかないってのは、わかる気もする。

おかげで、まあ肉や魚やその他諸々、色とりどりの料理が並んで、略式とか思えないくらいすごい内容になっている。

急の立食パーティとしてはかなり豪華な内容だと思う、たぶん。お貴族様のパーティなんか行ったことないからわかんないけど。

とりあえず庶民の俺としては食う。ええ、それはもうスラム出身の汚いクソ野郎ですから。

二度と食えないものもあるかもしれないんで、人としては食うだろそんなの。

行儀？　あさましいってわかってもらえるのがスラム流の正しいマナーで良いんじゃないですかね？　正式とか知るか。スラムではがっつくのが流儀なんですよ。

そんな中、いきなりヴィーデが話しだした。

「いつも思うけど、エイヤはすごいよねえ」

こいつは、突然こういうことを言い出してくるから油断ならない。

「いや、すごいってなにがだよ」

「だいたい全部だよ」

ヴィーデは満足そうで、とてもにっこにこだ。

ところで魔神って酔うの？　よくわかんないけど、とても上機嫌なのはわかる。

「えー、そんなもんかなあ。コイツ、結構アバウトでいい加減だよう？」

「そうだな。人間にしては立派ではあるかもだが、とりたてて褒めるものでもない」

うん、ユアンナお前は黙れ。ゴルガッシュはてめえ褒めてんのかけなしてんのか。

なお、俺以外の三人は、全員上品で困る。ゴルガッシュどころか、あのユアンナまでもが。

ところで、ドラゴンってなんでそんな器用なの？　見た目の豪快そうな印象に反して、皿の盛り方がめっちゃキレイじゃない？　ずるい。

「お前ら、なんで俺を肴に飲んでるの？　それに今回一番動いたの俺だと思うんだけど」

この場を祝勝会に使うなら、もう少し俺をいたわって欲しい。

結構、それなりに頑張った気はするので。

「それは、エイヤが素晴らしいからだよ」

「アンタが、もう少し上手く立ち回ってたらすぐ終わってたのにー」

「この我まで使い倒そうとするからだ。それくらい遊ばせろ」

うん、まったく意見が噛み合ってない。

とくにユアンナは、お前のせいでこうなってるんだろうが。

「くっそてめえこの、言わせておけば……」

「でも、アンタってば、なんだかんだでまとめるのすごいよねえ？」

反撃を見透かされたように、被された上にアゲ褒めされる。

コレだよ、タイミングずるくない？　この女狐め。耳をぴこぴこさせながらだから、絶対ワザとだろ！

「今回ってさあ、結局、あんな依頼だったのに、領主がスラムのことまで面倒見る羽目になったわけでしょ、どこまで考えてたのよう？」

しかも、反撃に対して怯むどころか、馴れ馴れしく絡んでくる。つよい（つよい）。

「ったく……どこまでってそりゃ、計画立てた時にはだいたい決まってたんだよ。願いがなにかは知らんが、とにかく急いでなんとかしたそうだったから、そうしただけだっての」

そりゃあ、依頼の時点で裏切られてんのは面白くないですけどね。だからって、やられたからやっていいなんて話にはならねえからな。やったら同じになっちまうし。

あとは全部、副産物ってなもんですよ、おまけとかお土産ってやつ。

「……はッ、ずいぶんとお人好しよな。我がどう思うかは考えなかったか？」

ゴルガッシュが、高価そうなワインを片手に、にやにやしながら挑戦的に混ざってきた。

こいつ絶対こういうの好きそうじゃねえか。

「おもしれえところ突っ込んでくるなあ、ゴルガッシュさんはよ。あんた、こういうの絶対好きだろ？　乱暴で横暴そうでいて、その実かなり繊細だもんよ」

「ほう？」

どう見たって、面白がって首突っ込んでくるタイプだもん。そうやってすぐ目つき鋭くなるしさあ……こういう派手なの好きそうじゃん！　そっちこそキレイに収めやがって！

「そのへんは、お互い似てるんじゃねえの？　余計なことに首突っ込みたがるあたり。おかげで変な苦労背負い込んだり、手間食ったりするようなやつ」

ある意味、ここに集まってる四人全員そういうところある気もする。

もっとも、誰だって、出来るならそうしたいと思ってるだろうけども。ただ、いろんな事情がそれを許さないか、もしくは自分がそこまで踏み切れないかだ。

俺はクソ野郎だからな、余計なことまで気になるんだよ。こうやって、並んでる肉類を全種類、味の違いを調べたくなるとかそういうのも含めて。

「くく、違いない、酔狂がすぎるな。お前も大概、いろいろと救えないやつだな?」

「そりゃまあ、俺はクソ野郎ですからね。気に入らないことがあったら殴らないと気がすまないし、かと言って、死ぬまで殴る気もないってだけで」

「その口でよく言う。好きにしろ。どこまでやれるか見ててやる」

「いやあ、全然。俺は卑怯なんで。世間から臆病になりたいだけだから」

「それであれだけやれれば、立派なものだろう?」

「……そんなもんですかね?」

ゴルガッシュと改めて乾杯した。

そうだよ、俺は臆病者なんで、こうやって並んでる肉を遠慮なく好きなだけ取りたいし、だからって残すほどまでいらねえってだけですよ。

「あー、なんかずるい」

「ボクもー!」

ユアンナとヴィーデも乾杯に混ざってきた。

「つまり、エイヤはすごいっていうことだよねえ。ハッピーでワンダフルだよ」

上機嫌なヴィーデに、なんか無理やりまとめられた。酔うんだな、魔神って。

まあ世の中、そんなもんじゃねえの?

こんなクソな世の中、面倒な責任とかさ、そういうの持ちたくねえじゃん。

でも、せめて目に見える範囲には、笑っててほしいだけだからな。

# あとがき

はじめましてもしくはおひさしぶりです、47AgDragonことしるどらです。

シルバードラゴンなのでしるどら。中二のときに名前決めてそれっきりなのだ、わかれ。

えー、ありがたいことに、イラストレーターなのに小説書いております。なので、挿絵も本文も自分です。レアケース。

もともと、小説を書くきはこれっぽっちもなかったんですが、挿絵を担当していた『転生吸血鬼さん』（全8巻好評発売中、コミカライズもよろしく！）の作者であるちょきんぎょ。せんせーの小説をすげー、最高ーって、いろいろな角度から褒めまくっていたら「そういうことを言うしるどらさんの小説を見てみたいので、書いてみません？」って言われまして。

それで、ついうっかり五万字ぐらい書きためたのがきっかけです。

人生なにがあるかわからないねって感じでして。

ただ、それはそれとして、基本的にイラストレーターとして活動してたせいで、昨今まで色々ばたばたしてまして、とても寡作な作家になってたというのが現状でして。

ありがたいことに、二シリーズが交互に入ってきて、片方が終わるともう片方って感じに入ってきてましたのですが、裏を返すと「まとまった時間がとれねえええ」って感じに。

なので、構想そのものはあったのですが、なかなか形にならなかったりしてました、ぎゃふん。

そしてスペシャルサンクスとして。秦建日子さんに感謝。「刑事・雪平夏見シリーズ」などの作者であり、ドラマ、映画などの脚本家でもある多才なお方なのですが。

自分が「ラプラスの魔みたいな女の子の話書きたいなー」みたいに言っていたところ「ぜひ書くべき！」って言葉をいただけまして。

それで「じゃあ書くか！」って完全に決めたので、それがなければこの本はなかったかもしれません。そんなのもう感謝するしかないっていう。

この場をお借りして、厚くお礼を申し上げます。

そして、こう、あとがきから読み始める人向け的なところとか、それでいて最後に読む人にもいけるような部分を色々。

えー、まあ、この話はもともと「ラプラスの魔みたいな、運命を見通せるどころかノーリスクで好きにいじれる、とんでもない能力の魔族な女の子」がヒロインの話です。

運命をナチュラルにいじれるんで、逆に言うと、それが当然すぎて、普通のことがぜんぜんわかってないっていう。おかげで傷つくことがないので、とてもピュア。

ただ、すべてが思うようになってしまうので、誰とも分かち合えず、とても孤独です。

対して主人公のエイヤは、まあ、割と踏んだり蹴ったりの人生な苦労人。いままで、色々大変な目にあってたり、なんとかトラブルを切り抜けたり。

でも、だからって本当に腐ったりしたら、本当にダメなやつになっちまうんじゃないか、って思ってて、自分をクソ野郎だと思いつつも本当にクソ野郎にはまではなりたくない。

生い立ちを知られたくない不安と、自分的な納得が欲しくてやたらと凝り性。とにかく、みんなに合わせてなあなあでは済ませたくない。いつも可能性があるんじゃないかって思ってる。

おかげで、やっぱり世間と馴染めずに孤独。

そんな「普通になりたい」ふたりが出会う話です。

お互い、社会からはすこしズレてたりして、特定の他人をあんまり意識したことのない同士なので、それが出会ったときにどうなるかっていう話でもあります。

まあほら、最近の世の中ってこう「普通になりたいけど普通ってなんじゃろ?」みたいなところでいろいろ迷ってる人もいると思うので「普通なんて普通でいいんじゃね、ムリになるもんでもないかもしれなくね?」みたいな話が出来ればなあ、みたいなところをかけるといいなあとかなんとか。

シグリンデとかも、彼女どうなるんですかね。作者も楽しみです。

そんなわけで、出来ればまた二巻でもお会い出来れば。

# イラスト分のあとがき。

えー、めずらしいコトに小説本文もイラストも自分でやっています。

というワケでイラストのあとがきページもいただけました!!

ヴィーデの冒険者服もデザインしてたんですが、城で打ち上げだと正装を

着てしまうので描けず、ココでリベンジ。でかい(でかい)

今回、イラストも本文も自分なので、ついうっかり見開きページを2回もやる、という

あまり見ないコトをやってみました。楽しんでいただければ幸いです。

個人的には褐色大好きなので、ゴルガッシュがえらい目にあってる気がしますが、

ヴィーデを愛でたいです。そう言えばみんなナイスバデーの中、ラーユルさんだけひかえめ。

水着回とかお風呂回があったらたいへんなコトになりそうです!?

デザインと言えば自分のデザインは模様が多い場合があって、毎回、

自分をなぐりたくなります。おのれ。誰だよこんなデザインしたの!俺だよ!

そんな感じですがなんか楽しいビジュアルができればなーと。

今後ともよろしくお願いします!!

4/ Ag Dragon

EARTH STAR NOVEL

# 運命の悪魔に見初められたんだが、あまりに純で可愛すぎる件について

発行 ―――― 2020年2月15日　初版第1刷発行

著者・イラストレーター ―― 47AgDragon

装丁デザイン ―――― 舘山一大

発行者 ―――― 幕内和博

編集 ―――― 古里 学

発行所 ―――― 株式会社 アース・スター エンターテイメント
〒141-0021　東京都品川区上大崎3-1-1
目黒セントラルスクエア　5F
TEL ：03-5561-7630
FAX：03-5561-7632
https://www.es-novel.jp/

印刷・製本 ―――― 中央精版印刷株式会社



ISBN 978-4-8030-1392-4